涙の雨のあとで

ジェニファー・テイラー 作

東　みなみ 訳

ハーレクイン・イマージュ

東京・ロンドン・トロント・パリ・ニューヨーク・アムステルダム
ハンブルク・ストックホルム・ミラノ・シドニー・マドリッド・ワルシャワ
ブダペスト・リオデジャネイロ・ルクセンブルク・フリブール・ムンバイ

A BABY OF HIS OWN

by Jennifer Taylor

Published by Harlequin Japan, a Division of K.K. HarperCollins Japan, 2022

ジェニファー・テイラー

心温まる物語を得意とし、医療の現場を舞台にしたロマンスを好んで執筆した。科学研究の仕事に従事した経験があるので、すばらしい登場人物を創造することはもちろん、作品を書く際の調べ物もとても楽しんでいたという。夫を亡くしてからは、ランカシャーにある自宅と湖水地方を行き来する生活をしていたが、2017 年秋、周囲に惜しまれつつ永眠した。

主要登場人物

ルーシー・アダムス…………ダルヴァーストン総合病院の正看護師。
イザベル・アダムス…………ルーシーの娘。愛称イジー。
サンドラ・クラーク…………ルーシーの同僚。
ビー・フランシス…………ルーシーの同僚。
コナー・マッケンジー…………ダルヴァーストン総合病院の小児科長。
ディー…………看護師。

1

「あら、聞きたいに決まってるわ！」廊下に足音がして、サンドラは顔をしかめた。じゃまが入る前にルーシーに知らせたいらしい。「マーク・ドーソンの後任に誰が来ると思う？」

「知らないわ。仕事ができるかどうか以外に興味もないし」ルーシーはきっぱりと言って、倒れこむように座った。「今朝は目がまわるほど忙しかったの。職員の半分がいなくなっているとは知らなかったわ――」

「コナー・マッケンジーなのよ！」

ルーシーはコーヒーカップを口に運ぶ手をとめ、凍りついた。サンドラはうれしそうに笑った。

「びっくりすると思ったわ！　私だって、知ったときには驚いたもの。コナーが戻ってくるとは思わなかった。あなたは？」

「私もよ」混乱の中、やっとのことでその言葉を絞り出した。内心どれだけ衝撃を受けているかを、サ

「信じられないことが起こったわ！」

詰所のドアが勢いよく開いて、正看護師のルーシー・アダムスはあたりを見まわした。今日は彼女が産休を終え、ダルヴァーストン総合病院の小児科へ戻った初日だった。数カ月の休暇のあとで徐々に仕事に慣れようと思っていたのに、次から次へと非常事態が起こり、忙しいなどというものではなかった。昼食をとるひまもなければコーヒー一杯飲むひまもないところへ、友人のサンドラ・クラークが現れたのだ。看護師仲間の興奮した表情を見て、ルーシーはぶつぶつ言った。

「あまり聞きたくないかも」

ンドラに知られてはいけない。私とコナーのことは誰も知らない。長い間、二人の関係は秘密だった。どんな病院にもゴシップはつきものだったし、自分たちを噂の種にしたくなかったから。

結局、その用心は功を奏したというわけだ。少なくとも、コナーがルーシーより仕事を優先しても、まわりが気まずい思いをすることはなかった。そして二人の関係を誰も知らなかったおかげで、彼女が妊娠したときにも父親がコナーだと感づかれることはなかった。イザベルは生後六カ月で、ルーシーの家族でさえもコナーが父親だとは知らない。ルーシーはこのまま黙っているつもりだった。私がいる限り、大事な娘をコナー・マッケンジーには渡さない。

「少なくとも、経験のある人材があとを引き継いでくれそうね」ルーシーは笑みを浮かべ、動揺していないところをサンドラに見せようとした。もちろん、心の中では動揺していた。コナーと仕事をするのはひどく気まずいだろう。けれど、自分で決めた道を進まなくては。「マークがケンブリッジへ行くと決めたのは大打撃だったけれど、コナーは優秀な医師だわ。それに、子供の扱いも上手だし」

「しかも魅力的でセクシー、というのもお忘れなく」サンドラはくすくす笑った。「それとも、出産の喜びでまだ男性には興味がわかないわけ？」

「そんなことないわ。心配してくれてありがとう」ルーシーは話を合わせなければと思って言った。コナーの姿が頭に浮かび、急に胸が高鳴った。ウエーブのかかった黒髪、美しい緑の目、彫りの深い顔立ち。彼は魅力的でセクシーで、ほかにもたくさんいいところがあったけれど、そんなことは全部どうでもいい。今はイザベル――イジーが人生でいちばん大切で、考えているのは娘の幸せだけだった。なによりも仕事を優先する男性に、娘の心を踏みにじらせるものですか！

落ち着きを取り戻したルーシーは、さっきよりも自然に笑うことができた。「一晩じゅう歯が生えかけてぐずる赤ん坊の世話をしてくたくたなのよ。コナー・マッケンジーの細かい美点まで、いちいちほめていられないわ」

「そんなふうに思う女性は、この病院であなただけよ」サンドラは軽く肩をすくめた。「ああ、今日は幸運な日に違いないわ。コナーがアメリカへ行ってしまったときには、本当にがっかりしたけど。一度いい生活を覚えたら、二度とダルヴァーストンには戻ってこないと思っていた。運命だとしか言いようがないわ。まさしく運命よ！」

ルーシーは疑わしげに笑った。「悪運かもしれないわよ。たしかにコナーはハンサムだけど、仕事を大事にするあまり、ほかのことは考えない人だもの。あなただって、気づいたらあてがはずれた女性たちのいちばん後ろに並んで、マッケンジー先生に出会わなければよかったと思っているかもしれないわ」

サンドラが反論するだろうと顔を上げたルーシーは、ふとドア口に誰かが立っているのに気づいた。その人物が誰なのかわかって、はっと息をのむ。コナー・マッケンジーは冷ややかな笑みを浮かべて部屋に入ってきた。緑の目は燃えるようで、彼女はぞくっとした。陰口が聞こえたかどうかはわからないが、彼がかんかんに怒っているのは間違いない。

「君が僕のいちばんのファンでないのは明らかだな、アダムス看護師。どう思おうと勝手だが、今後そういった意見は自分の胸だけにとどめておいてもらいたい。職員には、少なくとも僕を尊敬しているふりくらいはしてほしいのでね」

ルーシーは顔を真っ赤にして、すばやく立ちあがった。コナーに叱られるのはしかたなかったけれど、嫌味を言われるいわれはない。「すみません、マッケンジー先生。先生の耳に入れるつもりではなかったんです。これからは気をつけます」

「ありがとう」ルーシーをじっと見ながら、コナーは距離をつめた。「僕はチームの和を重んじている。不満があるなら僕に言ってくれ。わかったね？」

「わかりました」ルーシーはそう答え、燃えるような茶色の目でコナーを見た。言葉にしなくても、気持ちは伝わったに違いない。今は恋人でなく上司でも、こんなふうに地位を笠に着られたら腹がたつ。

「よろしい」コナーは口元に皮肉な笑みを浮かべた。

「隠し事はしないのがいちばんだ。混乱をおおいに避けることができるし、秘密にしようとしてもめったにうまくいくものじゃないからね」

コナーがなにを言っているのか、ルーシーにはわからなかった。はたで聞いていれば、彼が小児科長につくにあたって原則を述べているようにもとれる。けれどルーシーは、その言葉にもっと深い意味があるのではないかと不安になった。コナーは私に、イジーのことを知っていると警告しているの？

娘の存在を知られたと思うとパニックに陥り、ルーシーは顔をそむけた。自分がどれほどおびえているかを悟られたくなかった。コーヒーの残りを流しにあけ、ドアへ急ぐ。ちょうどコナーはサンドラと話をしているので、運よくその場を離れられそうだ。落ち着くための時間を作らないと。そうすれば、彼になにを言われようとうまくかわせるはずだ。

「戻る前に少し話ができないかな、ルーシー？」

「今日は人手が足りないんですが」

「そうらしいね。面接のときに職員が常時不足していると聞かされた。それについては、できるだけ早く解決するつもりだ」コナーはサンドラの方を見た。彼が魅惑的なほほえみを別の女性に向けるのがおもしろくなくて、ルーシーは口をとがらせた。「君がもうすぐ非番になるのはわかっているが、ルーシーと話があるんだ。その間だけ彼女の仕事を手伝ってくれないか？」

「喜んで、コナー——いいえ、マッケンジー先生」

サンドラはすぐさま言い直した。

「ありがとう。でも、呼び名はコナーでいいよ」彼はまたしても百万ワットの笑顔をサンドラに向けた。

「僕たちは同じ目的を持ってここにいるんだ。形式張っても意味がない。みんなにもそう言っておいてくれ。いいね？」

「もちろんです！」

サンドラはすべるように部屋を出ていった。天にものぼるような同僚の表情を見て、ルーシーの胃がきりきりと痛んだ。不機嫌なようすが顔にも出ていたらしく、コナーが笑った。

「ちょっとした愛想がおおいに効くものだ。あれこれ命令するよりずっと効果がある」

「たしかにね」ルーシーは部屋に戻ったが、コナーが手ぶりで勧めた椅子に座ろうとはしなかった。

「ありがとう、でもこのままでいいわ。そう長くはかからないんでしょう？」

「ああ」コナーはドアを閉め、ルーシーに向き直った。「言いたいことはほんの数語ですむ。ただ、二人きりで話したほうがいいと思ってね」

「二人きりで話さなければならないことなんてあったかしら。私たちの関係は、あなたがアメリカへ行ったときに終わったのよ。あなたがはっきりさせたことでしょう。最後の夜、あなたはなんと言った？ああ、思い出したわ。きっぱり別れたほうがいい、だから連絡をとり合っても意味がない、と言ったのよね。それから私に、自分の人生を歩めと言ったわ。幸せを祈っているとも。アドバイスはありがたく役立てさせていただいたわよ」

「そうらしいね」コナーはドアにもたれた。その目つきに、ルーシーは背筋に冷たいものが走るのを感じた。「二週間ほど前、リサ・サンダースと偶然会った。セミナーでボストンに来ていた彼女と、しばらく近況を語り合ったよ。彼女とウィルが結婚したと聞いて驚いたが、もちろんニュースはそれだけじゃなかった。君が産休をとっているとも聞いたよ。赤ん坊は今……六カ月かな？」

ルーシーはうなずいた。恐ろしさのあまり、口もきけなかった。話がどこへ向かおうとしているのかがわかったし、コナーの疑惑を裏づけることを言ってしまうのが怖かった。もちろんすべては疑惑にすぎない。真実を知っているのは彼女だけなのだから。

「学生時代、いちばん好きな科目は数学だと言ったことがあったかな？　先生に出された問題を解くのは楽しかった」コナーの口調は明るく、快活で、ちょっとした雑談を楽しんでいるかのようだった。けれど、その目はまったく違うことを物語っていた。

「それはすてきね。あいにく、あなたの学生時代の話を聞いているひまはないの。仕事に戻らなくちゃならないので」

「もちろんだ。シングルマザーとして、仕事はとても重要だろうからね。育児はお金がかかるだろう？　父親がいて、負担を分け合っていても苦労するのに、君のように一人で育てるのは大変なはずだ」

「なんとかするわ」ルーシーはぴしゃりと言った。

「もちろん、君ならできるだろう。けれど父親が助けるべきなのに、なぜ一人でする？」コナーはドアを離れた。今では威嚇するような目つきになっている。

「イザベルの父親のことは、あなたとはなんの関係もないわ！」ルーシーは言い返した。その言葉を信じさせようと必死だった。

「イザベル。それが子供の名前なのか？　僕がきいたとき、リサは名前を思い出せなかった。知っていたのは君が女の子を産んだことだけだった」コナーの声がやわらいだ。刺々（とげとげ）しさが消えてやさしくなり、ルーシーの胸がふと痛んだ。彼はとても演技がうまいか、さもなければ娘のことを思って本当に感動しているようだ。

つかの間、ルーシーは贅沢な想像にひたった。子供の父親は本当はあなたなのよと言ったら、彼はどんな反応をするだろう？　ハンサムな顔に明るいほほえみが浮かび、目には娘への愛情があふれる？　昔はその目に、私への愛があふれていると思いこんでいた。

とたんに、ルーシーは冷水を浴びせられたようにたちまち現実に引き戻された。コナーが仕事よりも優先させるものはない。女性でも子供でも仕事に匹敵するほど大事なものは今までなかったし、これからもないだろう。そう考えると、気持ちを強く持つことができた。

「こんな話をしてなんになるの？」ルーシーは作り笑いを浮かべた。「学生時代のこと、リサと会ったこと、私に子供ができたこと。ほかになにか話したいことはある？」

「とくにない。本題はもう話した」コナーはかすれた声で笑った。「おもしろいことに、全部関係があるんだ。リサと会ったことも、数学も。簡単な引き算でさかのぼることができる。君が赤ん坊を宿したときにね。間違っていたら訂正してほしいが、それは去年の四月だろう。思えば、あの四月にはいろいろなことがあった。スコットランドでの週末も含め、僕たちは長い時間を一緒に過ごした。仕事のことを考慮に入れれば、あれほどの時間を僕と過ごしていながら別の男性と会う時間などほとんどなかったはずだ。つまり、イザベルは僕の娘だ。その結論で合っているかい？　それとも、今度ばかりは僕の推理も間違っていたかな？」

ルーシーはなんと言っていいかわからなかった。最悪の夢が現実になったようだと言うことすらできない。なぜなら、コナーとこんな話をするなんて夢にも思わなかったからだ。別れた夜を境に、彼からは一度として連絡はなかった。クリスマスカードさえも。彼はルーシーの人生から去っていった過去の人間だった。今、ルーシーはどうしていいかわからず、ただただ混乱していた。

「君がどうするつもりかは知らないが、嘘でごまかそうとするのはやめてくれ。間違っているぞ。僕は嘘を聞きたい気分じゃないんだ。イザベルは僕たちの子供なんだろう？　ほかの誰の子供でもないに決まっている」

「断言できる？　たしかに四月は大半の時間をあなたと過ごしていたけれど、一分たりとも離れなかったわけじゃないでしょう？　あなたが仕事で、私が非番だった夜は何度もあったわ。そのときに私がなにをしていたか、わかるというの？」

「いいや。君を監視していたわけじゃないからね」

「でしょう！」ルーシーはまた演技をして笑った。自分は子供の父親ではないと、コナーに信じこませなくては。たとえコナーが父親であることを否定するつもりだとしても、大事な娘を傷つけさせるわけにはいかない。「あなたが仕事をしている最中になにがあったかなんて、見当もつかないんじゃないかしら。気にもしていなかったはずよ。いつだって仕事が最優先で、私が別の人とつき合っていたとわかっても思い悩んだりしなかったに違いないわ」

「じゃあ、相手は誰だったんだ？」コナーの声はかすれていたが、それを除けば、二人がつき合っている間にルーシーが浮気していたという告白に動じたそぶりはなかった。

　ルーシーは胸が痛んだ。だが、自分が彼にとってとるに足りない存在だったことに傷ついたところを見せるわけにはいかなかった。「ナイトクラブで知り合った人よ」

「そいつの名前は？　それとも、わざわざきいたりはしなかったのか？」

コナーはルーシーに笑顔を向けた。白い歯が光り、目は愉快そうに輝いている。厄介事から逃れられてほっとしているの？　ルーシーはむかむかしながら考えた。子供の父親は別の男性だと知って、親としての責任をとらずにすむのがうれしいの？　その考えは耐えがたいものだったけれど、イジーのためには我慢しなければならなかった。

「名前を知ったからといって変わりはないでしょう。数学好きなあなたのために言うなら、彼は方程式に含まれていないのよ」

「君はそれでいいのか？　娘が父親を知らずに成長してもかまわないというのか？」

「そんな子供は今ではたくさんいるわ。イザベルの人生にそれほど大きな違いがあるとは思えない」

もちろん、嘘だった。娘が成長するにつれてなにを失うことになるか、ルーシーは不安だった。伸び伸びした子供時代を過ごした彼女は、イザベルがしっかりとした家庭に支えられていないのがいやだった。それでも、コナーの前でそれを認めるわけにはいかない。とくに、私に別の男性がいたという話を、彼がこれほどやすやすと信じている以上は。彼に愛されているかもしれないという望みも、今完全に打ち砕かれてしまった。

その考えがあまりにもつらかったので、ルーシーは会話を打ち切ろうとした。わざとらしく腕時計を見る。「もう戻らなくちゃ。今日は職員が三人しかいないから大忙しなのよ」

「もちろんだ。引きとめて悪かったが、話ができてうれしかったよ。リサの話を聞いてからずっと悩んできたことが解決できたからね」

コナーはドアから一歩離れたが、ルーシーを通す代わりに目の前に立ちはだかった。その険しい顔を見て、ルーシーは胸がどきどきした。今や彼の顔から愉快そうな表情は消え、声にもやわらいだところはなかった。

「僕がいつも君に感心していたのは、正直なところだった。君は思ったとおりのことを言い、言ったとおりのことをしていた。けれど、変わってしまったな」

「なにが言いたいのかわからないわ」言いかけたルーシーに、コナーはかぶりを振った。

「わかっているはずだ。一年前の君なら、イザベルの父親についてそんな嘘っぱちを並べたりはしなかっただろう。別の男性などいないことは、二人ともわかっている。子供の父親は僕だ。娘の存在を隠そうとした君を許せるかどうかわからないが、これからは事態を変えてみせるよ。イザベルは君の子供であると同時に、僕の子供でもある。僕は娘の人生でしかるべき役割を果たそうと思う。だから、僕を出し抜こうと考えているならやめることだ。正式な父親になるためなら、僕はなんだってする。娘に会うために裁判を起こさなければならないとしてもかまわない」

「コナー……」ルーシーは言いかけたが、彼はすでに背を向けていた。ルーシーは口に手をあてて、大股に出ていくコナーを見た。イザベルのことを隠しておくのが正しいと思ってきたけれど、もはやそうは思えなくなってしまった。娘の将来を無視してコナーを失望させたようだが、そんなふうに思うこと自体ばかげている。彼の言うとおりにする義理はない。彼は私の人生から去っていったのだから、今ごろ戻ってきて騒ぎを起こす権利はない！

ルーシーは気持ちを落ち着かせようと息を吸った。今はとにかく取り乱してはだめ。イザベルは私の娘よ。あの子を守るためならなんでもするわ。あの子までコナーに傷つけさせはしない。絶対に。

2

　これほど怒ったのは初めてだ。いつもなら、なんなく感情を制御することができる。こんななんの得にもならないことにエネルギーを費やしても無駄だとはわかっていたが、コナーは病棟へ向かう間も落ち着いてはいられなかった。詰所から出てきたサンドラが顔を輝かせるのを見て、ため息をついた。

「ちょうどさがしていたんです」サンドラは大声で言った。「先生がまだ正式にここで働いているわけではないのはわかっていますが――」

「どうした？」コナーはすぐに尋ねた。なによりも仕事を優先させなければ。

　奇妙なことにその考えに胸が痛み、彼は顔をしかめた。仕事に打ちこむのが悪いと考えたことは一度もなかったが、仕事に割く時間をもっと少なくしていればこんな事態にはならなかったかもしれない。たとえばボストンでの職につかなければ、ルーシーの妊娠を知ることもできただろう。

　ボストン行きを後悔するとは驚きだった。おかげで、サンドラが期待するように見ているのにもしばらく気づかなかった。話を聞いていなかったのを認めるのは癪だったが、ほかに選択肢はない。

「すまない。ちょっとうわの空になってしまって。時差ぼけだろう。ゆうべ着いたばかりで、時差に慣れていないんだ。もう一度言ってくれるかい？」

「もちろんです！」

　サンドラは、お望みなら何度でも繰り返しますとばかりに寛大にほほえんだ。だが、コナーは二度としくじる気はなかった。彼女の説明に注意深く耳を傾ける。たった今手術室から連絡があり、手術中だった七歳の子供に異変が起こったらしい。ソフィー・フィッシャーという子供が、ごく普通の扁桃摘出手術を受けている最中に麻酔の拒絶反応を起こし、心停止状態になったという。麻酔医の努力で心臓はまた動きはじめたが、二十四時間は注意深く経過を見ていなくてはならないだろう。

「高度治療室のベッドは空いているか？」話を終えたサンドラに、コナーはきいた。小児科に高度治療室を開設したのは前任者の偉業だった。高度治療室は、病棟と集中治療室の溝をうめる架け橋だ。今回のように患者が特別な介護を要するときには、はかり知れない力を発揮する。

「すべて空いてます」サンドラは答えた。「担当職員の不足で、五月の初めに閉鎖しなくてはならなかったんです」

「すると、二カ月以上も小児科の高度治療室のベッドは使えなかったというのか？」コナーは信じられない思いで言った。

「はい。何度か求人を行ったのですが、適切な人材が見つかったのかどうか。たぶん、ルーシーなら知っているでしょう。今こっちに向かってきていますから、きいてみてください」

コナーは振り返り、廊下をやってくるルーシーを見た。彼女の顔がこわばるのに気づかないふりをして手招きする。娘の人生から自分を締め出そうとしたことに腹をたてているはずなのに、不安げな彼女を見ると心が乱れた。

「七歳の女の子が高度治療室のベッドを必要としている」コナーは心の内を見せないようにきびきびと言った。「サンドラに聞いたが、高度治療室は閉鎖されているとか」

「ええ。そこで働いていた職員は集中治療室に異動しました。空きが多かったので、経営側は閉鎖して人員を節約しようと考えたんでしょう」

「なんとかしなければならないな」コナーは厳しい顔で言った。「しかし、それでは目の前の問題は解決しない。高度治療室のベッドの用意をするのにどれくらいかかる？」

「そう時間はかかりません。今も設備はすべてそろっていますから、ベッドを整えて装置を接続するだけです。でも今日は職員が三人しかいないし、サンドラはもうすぐ非番なんです。高度治療室で働くための特別訓練を受けているのは私だけだけれど、病棟を離れるわけにはいかないし」

「わかった。だが、高度治療室を担当できる看護師が見つかったら？　そうすれば大丈夫か？」

「ええ、もちろん。でも、どこで見つけるのですか？　集中治療室には頼めないわ。すでにきいてみたの」

　ルーシーは肩をすくめた。茶色の目が一瞬コナーの目をとらえて、すぐにそれる。コナーはふいに、事情が違っていたらと心から思った。ダルヴァーストンにとどまっていたら、ルーシーとこんなふうに衝突することもなかっただろうと悲しく考える。

　輝かしいはずの転職をまたしても後悔している自分に、コナーは愕然とした。人生でいちばん大事なのは仕事だという考えに疑問を持つのは、ひどく落ち着かなかった。突然弱気になった自分をルーシーに見せたくなくて、彼は顔をそむけた。

「サンドラ、手術室に戻って、患者を動かせるようになったらすぐに移すように言ってくれないか？」

コナーは机に向かい、受話器を取って肩越しにルーシーを見た。「それから君は、高度治療室の準備をしておいてくれないか？　今は容態が安定していても、二度目の心停止が起こらないとも限らない。それに備えておかなくては」

「ダルヴァーストンで救命看護師を見つけられたら奇跡だわ」ルーシーは痛烈に言った。「看護師派遣業者のところに、ふさわしい人材はいません。高度治療室が閉鎖されそうだと知ったマーク・ドーソンが、すでに業者に問い合わせていましたから」

「派遣業者に頼るつもりはない」電話番号を押しながら、ルーシーにこれほど信用されていないことがなぜつらいのか、コナーは考えた。これまで人にほめられたいと思ったことはない。けれど、ルーシーにどう思われているか興味がないといえば嘘になる。

その考えにいらだつあまり、コナーはいつになくぞんざいな口調で言った。「ボストンの友人が一緒に来ている。彼女は高度治療室で働いていたから、訓練は受けているはずだ。イギリスでの看護師免許も持っているから、資格についても問題ない。僕が頼めば、喜んで力を貸してくれるだろう」

「わかったわ。じゃあ、手配はお任せします」

コナーがなにか言う前に、ルーシーは背を向けていた。彼女が高度治療室に消えていくのを、コナーは顔をしかめて見送った。彼女は見るからに動揺していたが、なぜだ？　解決法が見つかったのを喜ぶべきじゃないのか？

あることに思いあたって、彼は息をのんだ。ひょっとして、嫉妬したのか？　ディーはただの友人で、理由があってイギリスに戻ってきたのだが、ルーシーはそれを知らない。ディーが今の僕のガールフレンドで、二人そろって帰国したとでも思ったのだろうか？　コナーは急に誤解を解きたい気持ちでいっぱいになったが、その前にディーが電話に出た。

手短に窮状を説明すると、思ったとおりディーはすぐに手を貸すと言ってくれた。コナーは礼を言って電話を切ったが、看護師長に話を通さなければならず、さらに時間を食ってしまった。すべてが整ったときには患者が運ばれてきていて、またしてもルーシーと話をする時間はとれなかった。

麻酔医が自ら患者を運んできたので、コナーは彼と一緒に治療記録に目を通した。麻酔医は責任を問われるのを恐れているようだったが、ソフィーが手術室で心停止を起こす原因となるような記録はなかった。手術に使われた麻酔薬への拒絶反応による痛ましい事故だ。コナーは麻酔医にそう告げて帰した。

コナーが治療室に入ったとき、ルーシーは患者をモニタリング装置につないでいるところだった。患者は鎮静剤を投与され、酸素吸入器をつけている。血圧、心拍数と波形、酸素飽和度はすべて測定されていた。体液と血糖値は、塩分とグルコースの静脈内注射により正常に保たれている。尿はカテーテルを通して集められ、栄養分は点滴によって与えられていた。できることはすべて行われていたが、ソフィーの小さな青白い顔を見たとき、コナーは突然心の痛みを感じ、そのあまりの大きさに驚いた。

ベッドに横になっているのが自分の娘だったら、どんな気持ちになるだろう？　考えるのも耐えられない。ただ、イギリスに帰国したのは正しかった。ルーシーの子供が自分の子供だと知ったときはショックだったが、自分のするべきことは最初からわかっていた。

イザベルは自分に父親がいること、父親に愛されていることを知りながら成長するべきだ。愛されていないという気持ちがどんなものかコナーは知っていたし、子供には同じ気持ちを味わわせたくなかった。彼は娘の人生に影のように出入りする存在ではなく、イザベルの正式な父親になるつもりだった。ルーシーがそれを気に入らないとすれば、厄介なことになるだろう。

ルーシーをちらっと見たコナーは、またしても胸が高鳴るのを感じた。彼女と争いたくないと心から思う。ルーシーのもとを離れるのはなによりもつらかったが、彼女にそう言ったとしても信じてもらえるかどうかはわからない。二人に未来がないと思いこませてしまったのは自分のせいだ。

今や状況は変わったとしても、ルーシーの人生にもう一度受け入れてもらうのは簡単なことではないだろう。僕にどんな気持ちを抱いているかは明らかだったが、彼女やイザベルを傷つけるつもりはないと信じてもらう方法を見つけなければ。よりを戻すことを彼女が恐れているなら、そうしなくてもいい。もう終わったことだ。とはいえ、アメリカにいる間、彼女のことを考えなかったといえば嘘になる。実際、眠れずに彼女のことを思った夜なら何度となくあった。これまでつき合った女性の中で、ルーシーほど僕の心をとらえた女性はいない。彼女のためなら、夢をあきらめることも考えたほどだ。

「ソフィー・フィッシャーはまだ予断を許さないわ。コナーはさまざまな薬を使ったけれど、期待したような反応を見せてくれないの」

ルーシーは夜勤看護師のビー・フランシスにカルテを渡しながら、コナーの名前を口にしたときに声が震えていたことに気づかれませんようにと祈った。深呼吸をして平静さを取り戻し、先を続ける。

「今も不整脈の兆候が出ているので、今夜一晩は監視してほしいそうよ。朝までに落ち着かなければ、電気的除細動を試すことも考えると」

「それしかないでしょうね」ビーはカルテを見て同意した。カルテを脇に置き、ルーシーに向かってにっと笑う。「それで、コナーのようすは？　彼が私たちの上司になるとメルに聞いて、びっくりしたわ。どうしてダルヴァーストンに戻る気になったのかしら？」

「さあね」ルーシーは肩をすくめた。コナーが戻ってきて動揺していると思われたくない。「たぶん、イギリスの気候が恋しくなったんでしょう」

「これが？　冗談ばっかり！」

ビーは詰所の窓の外を見やった。七月のなかばだというのに、かなり前から外はどしゃ降りだった。町には洪水警報が出され、川に近い家の周囲には土嚢（どのう）が積まれている。コナーの帰国の説明になる最適な理由ではなかったけれど、ほかになにが言えただろう？　娘を奪うために戻ってきたとでも？

ルーシーはぞっとして、あわてて話を続けた。彼がどれほど自分に腹をたてているか、考えちゃだめ。「きっと彼なりの理由があるんでしょうけど、誰にもわからないわ」

「彼が手伝いに連れてきた看護師と関係があるんじゃない？」ビーは期待するようにルーシーを見た。

「メルの話では、ボストンで一緒に働いていたそうよ。たぶん彼女がイギリスに帰りたがって、恋人を失いたくないコナーも一緒に戻ってきたのよ」

「一理あるわね」そうは言ったものの、ルーシーは違うと感じていた。コナーとディーがつき合っているのを否定しているわけじゃない。なにもかもがその事実を示しているのに、否定する理由がある？　でも、イギリスへ帰国するコナーにディーがついてきたと考えるほうがずっと自然だ。彼が人のためにどこかへ行くとは思えない。コナーは自分の希望が第一で、他人がそれに従うことを期待している。

その考えはひどくぞっとするものだったので、そろそろ切りあげどきだと思った。「今日はこれくらいにして、私は帰るわ。あとはよろしく」

「がんばってみるわ」ビーは急いでドアへ向かうルーシーを同情するように見た。「イザベルのことが心配なんでしょう？　私も子供が小さいときは、そばを離れるのがどんなにつらかったか。でも、そうしなければならなかった。もっとも、あなたは病院の託児所を使えるから、少しは楽でしょう？」

「復職する前に託児所ができたのは天の恵みよ。一人の赤ちゃんにどれだけの職員が必要かと思うと驚きだけど」

「子供がティーンエイジャーになったからといって変わりはないわ」ビーが言い返した。「もっと体が大きくなって、お金がかかるんだから！」

「ありがたいことにね！　おかげで元気が出たわ」

ルーシーは笑いながら治療室を出た。廊下を急ぎ足で歩き、ナースステーションで机に向かっている二人の夜勤看護師に手を振る。おしゃべりをすれば足どめされてしまう。早くイザベルを引き取り、家に帰りたくてしかたがなかった。

新しく開設された職員用の託児所は古い建物の、かつて理学療法科だったところにあった。ルーシーはそこへ直行したが、着いたときにはたくさんの人がいて、名前を書くのに列に並ばなければならなかった。そろそろ順番がきたとき、誰かに肩をたたかれた。振り向いたルーシーは、コナーが立っているのを見てどきりとした。

「ここでなにをしているの？」不快感を隠そうともせず、彼女は言った。

「なにをしていると思う？」コナーはかすかに笑った。「娘に会うのにちょうどいい時間だと思ってね」

「しいっ！　声が大きいわ」ルーシーはコナーを叱(しか)りつけ、必死に背後を見た。

「いつかわかることだ」コナーは冷静に言った。「君はイザベルの父親が誰なのか伏せておきたいようだが、僕は嘘をつく気はない」

「そうはいっても、あなたが決めることじゃないのよ、コナー。人に言うか言わないかは私が決めること。あなたのことを言わないほうがいいと思ったら、そうするわ」

「つまり、僕に選択の余地はないというのか？」コナーはかぶりを振った。「悪いが、ルーシー、君だけに決めさせるわけにはいかない。話し合わなければ。娘についてのほかのいろいろな点も一緒にね」

「ほかのいろいろな点って？」

「なにもかもだ。あまりにも多すぎて、盗み聞きされずには全部挙げられないな」

声は平坦（へいたん）だったが、緊張しているコナーに気づいてルーシーは驚いた。感情をあらわにするなんてコナーらしくない。彼はいつも冷静で、自信に満ちていて、感情を表に出さない。もちろん、もっとも親密なときを過ごしているときは別だったけれど。

愛を交わした思い出に頬が赤くなり、ルーシーは名簿に名前を書くのに専念した。託児所の警備は厳しく、親か親に指名された人しか中には入れない。彼女は受付を離れようとして足をとめた。コナーがついてくれば一悶着（ひともんちゃく）起こるだろう。娘に会わせたくはないけれど、騒ぎを起こす危険は冒したくない。

「マッケンジー先生も一緒なんだけど」ドアの前にいる保育士に言った。「彼も入っていい？」

「記名してくだされば」若い女性保育士は言った。

「イジーに面会できる人のリストに入れますか？」

「いいえ」ルーシーはただちに言った。

「そうしてくれ」怖い顔でにらむルーシーを無視して、コナーは名前を記した。うっとりするような笑顔を保育士に向ける。「君の手間でなければね」

「とんでもない！」若い保育士はコナーにほほえんだ。「このカードに詳細な連絡先を書いて、出るときに渡してくれれば結構です。あとの手続きは私がしますので」

「ありがとう」コナーはカードをポケットに入れ、ルーシーの腕を取って受付を離れた。抗議しようと口を開いたルーシーに、彼は頭を振った。「話はあとだ。僕たちが喧嘩（けんか）しているところをイジーには見せたくない」

ルーシーは口を閉じた。意見はもっともだけれど、彼の強引なやり方には腹がたつ。チャンスができしだい、そう言ってやろう。

コナーの手を振りほどき、彼女は託児所の中央にある部屋へ向かった。かつては理学療法科のジムがあったところだ。今はすてきな遊び場になっていて、大きなプラスチック製のすべり台やおもちゃがぎっしりつまった棚があった。その脇にある赤ん坊のための個室に、まっすぐに向かう。隅の敷物に座っているイザベルが目に入り、ルーシーは顔をほころばせた。小さな娘がプラスチックのソース鍋を木のスプーンで楽しげにたたいているのを見て、たちまち愛情があふれるのを感じ、そばに膝をついた。

「ただいま。楽しく過ごしてた？」

イザベルはすぐにスプーンをほうり、抱っこしてほしいというように両手を広げた。ルーシーは娘を抱きあげ、おなかに唇をあててぶるると音を鳴らした。ベビーパウダーのにおいを吸いこむと、目に涙があふれてくる。娘が生まれてからそばを離れたのは今日が初めてで、恋しくてたまらなかった。

「僕を紹介してくれないのか？」

コナーに言われて、ルーシーは振り向いた。彼の表情を見て喉にこみあげてくるものがあったのは、すでに感情を揺さぶられていたせいに違いない。驚いたようにイザベルを見ているコナーの表情は、どんなに冷たい心もとかしてしまいそうだった。

ルーシーは急に、娘の存在をコナーに隠していたことを恥ずかしく思った。あのときは正しいと思っていたけれど、今ではそう思えない。それに娘の人生にコナーを受け入れるなら、自分の人生にも受け入れなくては。そういう前提で彼のそばにいられるだろうか？　それとも、この緊張があまりにも多くの答えを物語っている？

胸がどきどきしはじめた。けれど、これ以上真実から目をそむけてはいられない。私はまだコナーを愛している。たとえ彼が、本気で私を愛していなかったとわかっていても。

3

「やあ、イジー」

子供を見た瞬間、さまざまな感情がほとばしり出て、コナーは満足に口をきくこともできなかった。奇妙なことだった。自分がこれほど激しく心を揺さぶられるとは思ってもみなかったからだ。せいぜい、診察している子供たちに抱く気持ちと同じだろうと思っていた。しかし、実際はそれをはるかに超えるものだった。娘から目を離せないまま隣にしゃがみ、彼はどんな小さなことも見逃すまいとした。

イザベルが自分と同じ黒髪なのに気づいて、コナーは驚いた。大きな緑色の目も同じだ。けれど、そのほかの弧を描く小さな眉から薔薇（ばら）のつぼみのようなかわいらしい唇までは、ルーシーに瓜（うり）二つだった。

自分たちがこの小さな命を作り出したのだと思うと、ふいに純粋な驚きに打たれた。イザベルは一部を僕から、一部をルーシーから受け継いでいる。二人の愛の行為によって、これほど完璧（かんぺき）な存在が産み出されたのだ。けれど、そこまで驚くべきことなのだろうか？

ルーシーに視線を移したとき、思い出がどっとよみがえり、コナーの胸は痛んだ。ルーシーと愛を交わすのは、いつでもすばらしかった。それなりの女性経験はあったが、ルーシーに感じたものはこれまで経験した中でいちばん深かった。

実は、ボストンでの仕事を引き受けたのはそのためだった。ずっとダルヴァーストンにいようと思っていたのだが、彼女に惹（ひ）かれるあまり仕事がおろそかになるのが怖かったのだ。ボストンへ移ったのは賢い選択だったはずなのに、仕事よりも大事なことがあったのではないかと思っている自分に、コナーは気づいた。たとえば愛し愛される人の存在のような。そういう存在は仕事よりもはるかに大切なのではないだろうか？

　コナーは深く息を吸った。落ち着かない気持ちになるのも無理はないが、それに引きずられてはいけない。イザベルの手をくすぐると、その手がすぐに自分の指をつかみ、コナーは笑った。「知らない人に触られても怖がらないんだな」

「まだ人見知りする段階まで成長していないのよ」ルーシーに冷たく言われ、コナーはため息をついた。口調から、彼女がまだ怒っているのがわかる。

「先が楽しみだ」彼は明るく言った。ルーシーに好ましく思われていないのを気にしていると悟られたくなかった。

　その考えがすでに過敏になっていた神経にさわり、コナーは立ちあがった。子供時代の大部分を彼はのけ者のように感じてきたし、二度と同じ経験はしたくなかった。やはり立ちあがろうとしたルーシーに無意識に手を貸そうとしたが、彼女は無視して赤ん坊を抱きかかえた。

　コナーはなにも言わずにルーシーのあとから部屋を出た。喧嘩をしなくてはならないなら、必要なときまでエネルギーをとっておいたほうがいい。しかし敵意を向けられて引きさがると思っているなら、彼女は僕のことをわかっていない。

　託児所を出たコナーはルーシーを追って病院のロビーを横切り、建物を出ようとしたところでようやく追いついた。どしゃ降りの雨を見て、彼女が困っている。娘を抱いていては傘はさせない。

「ほら、傘をさす間、僕が抱いていてやるよ」コナーは赤ん坊を受け取ろうと手を伸ばした。

「大丈夫よ」ルーシーはぴしゃりと言って、イザベルを彼から遠ざけた。

コナーは小声で悪態をついた。急速に我慢の限界が迫っていた。「抱いていると言っただけだろう。誘拐しようなんて思っちゃいない。それも悪い考えじゃないがね。僕が近づくたびに君がそんなふうに反応したら、この子はノイローゼになってしまう」

「だったら、私たちをそっとしておいてほしいわ」ルーシーはようやく傘を開き、コナーをにらみつけて足を踏み出した。「イジーも私も助けはいらないの。二人だけでちゃんとやっていけるわ」

「本気でそう思っているのか?」コナーはルーシーを追って駐車場へ向かった。ずぶ濡れになり、ますます機嫌が悪くなる。「君は本当に、母親と父親の両方の役目を果たせると思っているのか?」

「ええ!」ルーシーは彼をにらみつけ、古いフォード・フィエスタの横で立ちどまってドアを開けた。「だから、私たちを世話するというご立派な目的で戻ってきたのなら、そのことは忘れていいわ、コナー。イジーの人生には立ち入ってほしくないの。私一人でこの子の面倒は完璧に見られる」

「そうかもしれない。けれど、君がどうしたいのかは問題じゃない」なぜこんなにあせっているのかと思いながら、コナーはそっけなく言った。娘の人生から締め出されたことには腹がたっていたが、この状況を冷静に、交渉術を駆使して解決できると思っていた。けれど、さっきから自分に対して決してうれしくない指摘ばかりされて善意はすっかり消えていた。「問題なのは、イジーにとってなにがいちばんいいかだ。君や僕がどう思うかじゃない。イジーは僕たちのどちらにとっても大切な存在で、君が分別を持たなければ傷ついてしまうだろう」今では明らかに刺々しい口調になっていた。彼女の言葉にうろたえている自分にいらだつ。他人にあれこれ言われるのには慣れているつもりだったが、ルーシーの意見はもっとずっと大きな意味を持っている気がした。

「私はイジーのことを考えて言っているのよ」ルーシーは言い返した。かがんで赤ん坊を車のシートに乗せ、シートベルトを締めようとする。しかし、傘を手にしているのを忘れていたようだ。

雨が滝のように降りそそぐ中、コナーはため息をついた。「傘が深刻な事故を引き起こす前に、僕に渡したらどうだ？　傘を持ったままでは、赤ん坊をシートに乗せることすらできないじゃないか」

コナーに傘を取りあげられて、ルーシーの茶色い目が光ったが、議論しないほうが得策だと思ったようだ。濡れないようにコナーが傘を持っている間、イザベルを座らせてシートベルトを締める。それが終わると、コナーはルーシーに傘を返した。彼女がしぶしぶ礼を言うのを聞いて、黒い眉を片方上げる。

「どうだい？　僕の提案どおりにするのもそうむずかしいことじゃないだろう？」

「だから、いつでもあなたに従えと言いたいの？　私はいやよ」

ルーシーは運転席のドアを開けたが、車に乗りこもうとしたとき、コナーが手を伸ばした。「納得のいくことならいいだろう？　それとも自分の子供と知り合おうとする僕に仕返しをするためなら、どんな意地悪でもするつもりなのか？」

「あなたのことなんかどうでもいいの、コナー！　仕返しにも意地悪にも興味ないわ。私が気になるのはイジーだけ。あなたにこの子の心を傷つけてもらいたくないの！」

「傷つける？」ショックが言葉に表れているのを感じながら、コナーは言った。ドアをつかんだ手を、彼女が振り払おうとする。「どういう意味なのか説明してもらうまで、どこにも行かせない。どうして僕が、娘の心を傷つけなくちゃならないんだ？」

「この子があなたの大事な仕事のじゃまになったら、

きっとそうなるからよ。ええ、しばらくは子煩悩な親を演じるでしょうけれど、数カ月もして、子供を持つということがよけいな責任を負わされることだと気づいたらどうなるかしら？　そのときにどっちを優先するの、コナー？　仕事？　娘？」

「ばかばかしい」彼は反論しようとしたが、ルーシーはさらに続けた。

「いいえ、それが真実よ。あなたのすることはすべて、たった一つに集中している――仕事に、ね。それ以外のことをするひまもないのに、気まぐれでイジーの人生を引っかきまわすのが正しいと本気で思っているの？」

「気まぐれなんかじゃない！　それに、彼女の人生を引っかきまわそうなんて思ってもいない。僕はこの子の正式な父親になるつもりだし、君がなんと言おうとその気持ちは変わらない」

遠くにとまっていた車が発進し、コナーはあたりを見まわした。たくさんの職員が勤務を終えて出てくるところでこれ以上話を続けていたら、内容を聞かれてしまうだろう。イジーの父親であることを隠すつもりはなかったが、二人きりで解決する問題もある。とはいえ、ルーシーと意見を一致させるにはどうすればいいか、全然わからない。

「話し合わなくてはならないが、ここでは無理だ。イジーが寝るのは何時だ？」

「今夜はあなたと話しているひまはないわ。それをいったら、この先もないけれど」ルーシーはきっぱりと言った。今はなだめすかしても無駄なようだ。

「だったら時間を作ることだ。君が話し合いに応じる気になるまで待つつもりはないからな」コナーはルーシーを見た。やさしい茶色の瞳におびえが走るのを見て、胸を痛める。

「いつもは七時に寝るわ。そのあとなら、あの子のじゃまにはならないでしょう」

「じゃあ、七時半に」ぶっきらぼうに言ったコナーは、自分がルーシーを怖がらせる悪者になったような気がした。「今も同じところに住んでいるのか？」

「いいえ。イジーが生まれる前に引っ越したの」

ルーシーは新しい住所を告げ、車に乗った。ドアが閉まるまで、コナーはなにも言わなかった。謝ったりすればひどく弱い立場に追いこまれるだろうし、自分が本気であることはルーシーに伝わったはずだ。そうでなければ、僕を娘の人生から締め出そうとやっきになっただろう。

コナーはため息をついた。彼女にはああ言ったものの、娘に会うためにわずらわしい法廷審問に訴えたくはない。二人の間で合意できればそのほうがずっといいが、ルーシーを説得できなければ裁判に持ちこむしかない。

その苦痛は耐えがたかった。小児科にたどり着くころ、コナーはいつになく気持ちが沈んでいた。廊下ででくわしたビー・フランシスがずぶ濡れの自分に目をまるくするのを見ても、笑みを浮かべることはできなかった。「イギリスの夏がどんなにいい天気か忘れていたよ」

「そのようね」彼女はにっと笑った。「こっちのすばらしい気候が恋しくて帰ってきたんだろうとルーシーは言ってたけれど、その説もこれまでね」

コナーは無理に笑顔を作ったが、ルーシーが彼の帰国の真相を冗談にしていたと知って胸が痛んだ。彼女は誰にも子供の父親の正体を明かさないつもりなのだろう。その気持ちを変えるのはとてつもなく大変に違いない。ビーにソフィー・フィッシャーのようすを見るかときかれて、コナーはほっとした。自分の問題よりも仕事に集中するほうが楽だった。

清潔な白衣にすばやく着替え、高度治療室へ向かった。部屋にはディーがいて、すぐに少女の容態が思わしくないことがわかった。心電図を確認し、ディーが心配そうにしているわけを理解する。ソフィーは明らかに心室細動の兆候を表していた。速くて不規則で、しかし血液を送ることのない心収縮が起こっている。典型的な心筋梗塞の合併症で、多くの患者は投薬でよくなるのだが、ソフィーの場合は効果がなかったようだ。

「電気的除細動しかないな。この場でもできるが、まずはご両親に事情を説明しなくては」

「家族用の待合室にいらっしゃいます」ディーが言った。

「彼らと話をしてから、すぐに戻る」

コナーは部屋を出て、子供の両親をさがした。彼らがどんなにつらい気持ちでいるかを察し、立ちあがろうとする二人を手ぶりで座らせる。「私はコナー・マッケンジー、新しい小児科長です」彼は手短に自己紹介した。「残念ながらソフィーは、心臓を正常なリズムに戻すための投薬治療に、期待したような反応を見せていません」

「じゃあ、どうなるのですか?」ミセス・フィッシャーが心配そうに言った。

「彼女の心臓を自然なリズムに戻すため、電気的除細動を行います」

「電気的除細動ですって? 申し訳ない、マッケンジー先生、よくわからないのですが」身を乗り出したミスター・フィッシャーの目には、不安が見てとれた。「また手術をするんじゃないでしょうね? あの手術を受けるまでは、ソフィーはなんともなかったんです」

「いいえ、手術ではありませんし、この高度治療室で行えます」

コナーは両親を安心させるようにほほえんだ。思えば彼は、いつもそんな立場にいた。親を安心させることが仕事のすべてだったし、相手を気づかいながらも率直に対応する自分をつねに誇らしく思っていた。けれど我が子を他人にゆだねるのがどんなにつらいことか、これまで完全には理解していなかった。だしぬけにフィッシャー夫妻と同じ不安に駆られ、そこまで感情移入している自分にショックを受けた。

「とても簡単な処置です。二つの金属の器具を胸にあてて、ソフィーの心臓に短い電気ショックを与えます。一つは右鎖骨の下、もう一つはこのあたりの……」コナーは自分の胸を指した。「心尖部の上に。そこにすばやく電気を通すことで、心臓が自然な動きを取り戻します」

「本当にうまくいくんですか？」ミセス・フィッシャーがすがるように言った。「ソフィーはよくなるんですね？」

「結果には期待できます」穏やかに言いながらも、コナーはこの気の毒な女性に確信をもって断言できればいいのにと思った。そうするのは無理だったので、夫婦にほほえみかけて立ちあがった。「終わりしだい戻ってきますので、あまり心配なさらないでください」これまで何年にもわたって、数えきれないほど親たちに言ってきたことだった。だが高度治療室に戻る途中、この処置を受けようとしているのがイジーならどんな気持ちになるだろうと考えた。想像するのも耐えられず、コナーはこれまで自分が知っていた人生がすっかり変わってしまったのに気づいた。自分の子供を持った今、感情を制御するのがはるかにむずかしくなっている。

一瞬彼は、娘のためにダルヴァーストンへ戻ったのが正しいことかどうかわからなくなった。ルーシーに言われたように、親としての責任が果たせなかったらどうする？　イジーを傷つけたくない。そんなことは絶対にしたくない！　けれど、親としてしなければならないことをなに一つ経験していないのに、イジーのいい父親になれるとどうして断言できる？　善意だけでは足りず、結局はすべてをだいなしにしてしまったら？

コナーは深く息を吸った。そんなことを考えている場合じゃない。今は手をつくすことに集中しなければ。子供の命を救うことに。

ルーシーがイザベルをようやく寝かしつけたのは、七時をだいぶまわってからのことだった。いつもならすんなり眠ってくれるのに、生活習慣が変わって落ち着かなかったのだろう。

忍び足で寝室を出た彼女は、居間に散らばっているおもちゃを見てため息をついた。今朝は出勤の準備で大わらわだったのだ。帰ったらすぐに片づけようと思っていたのに、イジーがむずかるのでそのひまがなかった。でも、コナーにこんなありさまを見せたくない。私には育児は無理だと本気で思われるだろう。

おもちゃを片づけはじめたところで呼び鈴が鳴り、ルーシーは不満の声をあげた。彼が来る前に準備を整えておきたかったのに、早めに現れるなんて本当に運が悪い。彼女はコナーを中に入れた。彼が廊下に足を踏み入れたときに体が触れて心臓がはねあがったが、無視する。コナーは自分をおびやかす存在でしかないと考えるのは、大きな間違いかもしれない。「早かったのね」先に立って居間へ向かいながら、ルーシーはそっけなく言った。

「竜巻のあとみたいだな」コナーは部屋を見まわしてほほえんだ。「前は整頓好きだったのに。僕が泊まったときにものを置く場所を間違えると、ぴりぴりしていたじゃないか」

「そう？　覚えてないわ」

ルーシーは身をかがめ、積み木をすばやく集めた。昔の話はしたくない。終わってしまったことなのだから、あのころになにがあったとしても関係ない。

私とコナーはもう一緒に生きているわけではないのだ。今では二人を結びつけるのは娘だけ。そして自分の道を貫きたければ、その結びつきをできるだけ早く断たなくては。

「そうかい？　不思議だな」コナーはルーシーの横で身をかがめ、片方の耳がなくなったうさぎのぬいぐるみを拾いあげた。おもちゃ箱に投げこんで、彼女を見る。「僕はなにもかも覚えているよ、ルーシー。楽しかったこと、笑ったこと……なにもかも」

「だったら、私より記憶力がいいのね」

　どうしてコナーがそんな話をするのかわからず、ルーシーは唐突に立ちあがった。一緒に過ごしたころを覚えていると言うことで、私の気持ちをやわらげられるとでも思っているの？　彼とつき合っていた六カ月間は、とても幸せだった。たぶん、人生の中で最高の時期だっただろう。でも、彼にとってはどうでもよかったに違いない。そうでなければ、私を置いてどこかへ行ったりはしないはず。

　その考えに感情が千々に乱れ、ルーシーは顔をそむけた。私がどれほど動揺しているか気づかれただろうか？　できるだけ彼を忘れる努力をして、イジーと二人きりで暮らしたいけれど、今もどうしようもなく彼を意識している。

「コーヒーをいれるわ」

　ルーシーはキッチンでやかんに水を入れ、沸くのを待った。落ち着きを取り戻すまでは居間に戻れない。このあともコナーは友好的にふるまおうとするだろうけれど、娘の人生にかかわるのをあきらめたと思うのは間違いだ。一度決心したことはめったに変えない人だから、今はできる限りのことをして娘を守らなくては。私の心を傷つけたように、イジーを傷つけさせはしない。

4

「ありがとう」

コナーはコーヒーの入ったマグカップをルーシーから受け取り、腰を下ろした。とうとう話し合うときがきたが、どう切り出していいかわからない。反感を買いたくはないけれど、彼女が同意しようとしまいと、娘の人生に積極的にかかわると決めたことをはっきり言わなければ。ルーシーが反対しているのは、僕がやがて父親の責任にうんざりするという不安からだろう。だから、もっとちゃんと考えていることを納得してもらわなくてはならない。

「今日、僕がいきなり現れたので驚いただろうね」コナーは注意深く切り出した。「今思えば、ボストンを発つ前に連絡すればよかった」

「それでも、お互いのストレスが減るわけじゃないわ」ルーシーは冷たく言って、腰を下ろした。

口元にカップを持っていく手が震えているのに気づかなければ、彼女は冷静そのものに見えただろう。その落ち着きがうわべだけのものだとわかって、コナーの胸が締めつけられた。ルーシーは内心、現在の状況におびえているに違いない。彼女にそんな苦痛を与えなければならないのはいやだが、ほかに道はない。ダルヴァーストンへ戻ったのは娘のためだ。目的を達成できるなら、自分とルーシーがどれほど犠牲を払うことになってもかまわない。

「そうかもしれない。そのことに早く気づかなかったのは本当にすまないと思う」コナーは言った。自分もどれだけ不安に思っているかが伝われば、ルーシーも安心するだろう。「とはいえ、してしまったことはしかたないし、ここで事実を嘆いていても意味がない。今決めなくてはならないのは、どう対処するかだ。計画を立てるべきだろう」

「計画?」ルーシーはカップをテーブルに置き、コナーを見た。「どういう意味かわからないわ」

「まずは当番表を確認して、僕がいつイジーに会えるかを調べたい。それから彼女がもう少し大きくなったら、どれくらいの頻度で僕と一緒に過ごせるかを決める」

「あなたと?」ルーシーははじかれたように立ちあがった。顔色がすっかり失われている。「私があの子をあなたに渡すと、本気で思っているの?」

「もちろん、そうは思っていない。けれど、僕と過ごしていけない理由はないだろう?」コナーは努めて穏やかに言った。口論を続けても意味がないし、穏便にすませるためならなんだってするつもりだった。けれどルーシーはそう思っていないようで、食ってかかってきた。

「イジーをあなたと一緒に過ごさせるなんて、絶対にいやよ! あの子があなたのことをなに一つ知らないのを別にしても、あなたにちゃんと世話ができるかどうか信用できないもの!」

「僕は父親だ。つまり、ある程度の権利があることを意味する。世話をするのも含めてね」ルーシーの言葉に傷つき、コナーはぴしゃりと言った。「僕と一緒にいるときに、イジーに害が及ぶようなことはない。そんなふうに言われるのは心外だ」

「それで、あの子の面倒を見ている間に急な仕事が入ったら? そのときにはどうするつもり? 病院に電話して、悪いが対応できないと言える? 私にはそう思えないわ」

ルーシーはあざけるように笑った。血の気が引いたときと同じ速さで、顔に色が戻る。こんなふうに目を輝かせ、頬を紅潮させている彼女がとても美しいのに気づいて、コナーは脈がはねあがるのを感じた。いつもは上品な美しさに心を乱されていたが、新たに現れた攻撃的なルーシーはもっと魅力的だった。その考えを頭から締め出すのはむずかしかったが、今はもっと大事な問題に集中しなくてはならない。「僕がイジーの世話をするときには、呼び出しにも備えておく。赤ん坊をほうっておいたりはしない。君が言いたいのがそういう意味ならね」

「それを聞いて私が喜ぶとでも？　呼び出しにも備えておくですって？　悪いけど、コナー、じゅうぶんじゃないわ。イジーは荷物のように、好きなときに人に預けることはできないのよ。都合のいいときだけじゃなく、いつもそばにいる人が必要なの。子供の世話をするというのは、子供を最優先にして、あとのことは全部二の次にしなくてはいけないのよ。あなたにできるとは思えない」

「僕にできるかどうかなんて、君にはわからないだろう！」信じようとしないルーシーにかっとなって、コナーも立ちあがった。説明が悪かったのかもしれないが、イジーを荷物のように扱うなんてとんでもない！

「そんなことはないわ。あなたがどんな人か、ちゃんとわかっている。六カ月つき合ったけれど、その間ただの一度も、仕事よりなにかを優先したことはなかったじゃないの」ルーシーは引きさがらない。

彼女に歩み寄る気がないという事実に、コナーはなによりも傷ついた。娘を心から愛しているコナーを認めようとしないのは、ルーシーが彼に本当に低い評価しか下していないということになる。

「そうだったかもしれない。けれど、今は違う」コナーは厳しい声で言った。心の痛みを隠すにはそうするしかなかった。子供の世話ができないと思われたという事実は、耐えがたいほどつらかった。

「つまり、私より仕事が大事だったのね？」

つらそうなルーシーの声に、彼は墓穴を掘ったことを知った。否定したかったが、それでは嘘になる。当時はつねに仕事が第一だったし、今になってそのことを悔やんでいるとしても関係ない。けれど二人がつき合っていたとき、僕が仕事に集中するのがどれほど大変だったかルーシーは知らない。

「君がそう言うなら、答えはイエスだ。僕は野心を隠したことがなかっただろう、ルーシー？」

「ええ、そうね」ルーシーは硬い笑みを浮かべて座った。「あなたの正直さは百点満点よ、コナー。私たちの関係に期限切れのスタンプが押されていることに、疑いを持ったことはないわ」

自分の行動がこんなふうに評価されているのがうれしいかどうかはともかく、今は議論しても無駄だろう。コナーは腰を下ろし、カップを取って、一息ついている間にどうすればいいかを考えた。自分にも娘の世話ができるとルーシーに納得させなくてはならないが、この調子では簡単ではなさそうだ。

「いいこと、コナー、一晩じゅう話し合ってもかまわないけれど、私の気持ちは変わらないわ。イジーに会わせるのはいいとしても、それ以上はだめ。あなたに預けるなんてとんでもない。だいたい、私はあなたがどこに住んでいるかさえ知らないのよ！」

「ビジネス街に近い新興住宅地のアパートメントだ。病院から遠いので理想的とは言えないが、短期間でさがした中ではいちばんいいところだった」

「場所はわかるわ。私もそのあたりでアパートメントをさがしたけれど、家賃が高すぎて」

「なぜ前のアパートメントから引っ越したんだ？」

コナーは尋ねた。彼女の口から家族のことを聞くと、必ず正反対の思いにさいなまれた。ルーシーが両親や二人の姉とどれほど仲がいいかは知っていたが、会ったことはない。意識的に距離をおいて、家族の集まりに招かれるたびに断っていたからだ。家族に紹介されれば、別れたときに彼女がつらい思いをするだろう。それはできるだけ避けたかった。少なくとも、コナーは自分にそう言い聞かせていた。

今にして思えば、本当は自分を守るためだったのではないかという気がする。ルーシーはつねに彼の心の中に住んでいて、つき合いはじめたころから彼女に深入りするのは危険だと感じていた。

「それもお金のためなの。休職中の身にあそこの家賃は高すぎるわ。エレベーターもしょっちゅう故障したし。乳母車で階段をのぼるなんて悪夢よ」

「そんなことは考えもしなかった」静かに言うと、コナーは自分の弱さについていつまでも考えるのはやめようと決めた。どう生きていくかは自分で選ぶとずっと昔に誓っていたが、下した決断の多くがルーシーに影響を与えていた。彼女の話に集中するには努力がいったが、またもや家賃うんぬんの話を聞いて、コナーは眉をひそめた。出産を前にして必死に生計を立てようとする彼女を思い描くと、罪の意識を感じずにはいられない。

「妊娠六カ月になって、四階分の階段の下に立ってみるまでは気づかないものよ」ルーシーは急に笑った。「おなかがもっと大きくなる前に引っ越してよかったわ。臨月であそこの階段をのぼるにはクレーンが必要だもの。本当に大きかったのよ！」

「見たかったな」

自分がなにを口走ったかに気づいて、コナーはかっと頬に血がのぼるのを感じた。この状況でいちばん認めてはならないことだった。事をうまく運ぶためには距離をおかなくてはならなかったのに、ここまで踏みこんでしまったらとめられそうにない。

「君のおなかの中で子供が大きくなっていくのを見たかったよ、ルーシー」強烈な感情に揺さぶられ、声がかすれた。「きっと人生で最高にすばらしい経験になったろうな」

ルーシーは心臓がとまったかと思った。コナーの声には、本気で思っていると信じたくなるものがあった。一瞬、イザベルがおなかにいたときに彼がイギリスにいたらどうなっていただろうと想像した。たぶん最初の検査のときは、一緒にいてくれただろう。初めて赤ん坊が動いたときも。母親学級にもついてきて、呼吸法の練習を手伝ってくれただろう。そして彼がそばで励まし、安心させてくれていたら、私たちの子供をこの世に産み落とすための長く苦痛に満ちた時間もずっと楽だったはずだ。

娘が生まれてからも、すべてが違っていただろう。夜中の授乳を手伝ったり、乳母車に乗せて出かけたりと、子供を誇らしく思う新米パパがすることはなんでもしたに違いない。コナーはそういうたくさんの喜びを逃してしまった。私も同じだ。でも別れを決めたのは彼で、私が遠ざけたわけじゃない。コナーがアメリカへ行ったのは、イギリスにとどまっているほど私が好きではなかったからよ。そのことを忘れてはいけない。彼がいたらどうだったかなんて、想像してはだめ。

「実際にはそれほどいい経験にはならなかったと思うわ。いずれにせよ、あなたがここに来たのは妊娠中の話を聞くためじゃないでしょう。決めなくてはならないのは、あなたがイジーの人生にどれだけかかわるか、それだけよ」ルーシーは髪を払った。冷たくするのがどれほどむずかしいか、コナーには悟られたくない。コナーといるといつでもいちばん強い感情をかきたてられ、無関心を装うのに骨が折れた。けれど、弱気になっている場合ではない。子供のために強くならなければ。

「もちろん、できるだけ多くイジーに会いたいさ」

きっぱりと言ったコナーを、ルーシーは疑わしげに見た。けれど、彼がなにを考えているかはわからない。彼女はため息をつきたいのをこらえた。これまでの経験から、感情をあらわにしないことにかけては彼は一流だとわかっていた。

「だったら毎週日曜日、一時間ほど顔を見に来ていいわ。今は日勤で、週末は非番にしてもらっているから、私には日曜日がいちばん都合がいいの」

「悪いが、それじゃ足りない。週末ごとに一時間なんていうんじゃなく、ある程度の時間をイジーと過ごしたいんだ。そんな短い時間では、イジーは僕を知ることができない」

「悪いけど、あなたにあげられる時間はそれだけよ。あなたにイジーの生活のじゃまをされたくないの。あの子にはなにより安定が大事だし、あなたになついてもらっては困る。数カ月もすれば、子煩悩な父親を演じるのにうんざりするでしょうから」

「そんなことにはならないと何度言ったらわかるんだ？　僕はイジーの人生から去ったりはしない。君が気に入ろうと気に入るまいと、あの子が大きくなるまでそばにいるつもりだ」

「何度も言わなくてもわかっているわ、コナー。でも、信用できないの。今まであなたが大事なお仕事よりも優先したものはなに一つなかったし、これからもないでしょう。あなたにイジーを傷つけさせるわけにはいかない。私のように――」

なにを言おうとしているかに気づいて、ルーシーは言葉を切った。娘の将来にかかわるかもしれないことを話しているときに、自分の心がどんなにもろくなっているかをコナーに知られるのはよくない。

「僕は君と争うためにここへ来たんじゃない、ルーシー」コナーは立ちあがった。ルーシーを見おろす緑の目から感情は読み取れない。「それに、君を動揺させるためでもない。そうさせたのだとしたら謝るよ。状況が状況だから、つい口論になってしまった」

「私だって言い争いたくはないわ。イジーを守りたいだけよ」ルーシーは静かに言った。つい口をすべらせたことをコナーが逆手にとらなかったのは意外だった。

「僕だって、イジーのことだけを考えている」彼は降参だと言わんばかりに両手を広げた。

ルーシーはショックのあまり、なんと言ったらいいかわからなかった。コナー・マッケンジーが降参するなんてありえない。けれど、コナーが自分を説得するためにどれほど必死なのかはわかった。

「なぜなの、コナー?」たぶんそのせいだろうけれど、ふいに彼の気持ちをもっと知りたくなった。

「つき合っているとき、あなたは家族を持ちたいなんて一度も言わなかった。だから、そんなにイジーの父親になりたがる理由がわからないの。私の知っているあなたらしくないわ」

「そうかもしれない。だけど本気なんだ、ルーシー。僕に愛されていないと思いながらイジーが成長するのはいやなんだよ。僕はあの子を愛している。心から愛しているし、イジーの人生に積極的にかかわるためにできる限りのことをしたいんだ」

口調は力強かったが、その目に苦痛がよぎるのを見て、我を通そうという気持ち以上のものが言葉にこめられているのにルーシーは気づいた。コナーはなにかに突き動かされて、娘を手に入れるためにイギリスに帰国したらしい。それはなに?けれど彼が本気なのがわかっても、まだ信用はできない。仕事とイジーの一方を選ぶことになったら、彼はどっちを選ぶだろう?

「私は日曜日にイジーに会いに来てもいいと言ったわ。あなたにとって足りなくても、それ以上のことはできない。申し出は変わらないわ、コナー。受け入れるか受け入れないかはあなたしだいよ」

「裁判所へ行って面会の権利を要求することもできるんだぞ」コナーは脅すように言った。

「あなたならするでしょうね。そして……結局は手に入れるでしょう。でもそれまでの間、イジーにはいっさい会わせないわ。それでもする？」

「脅迫するのか？」

「ええ。あなたの脅しにはかなわないけれど」ルーシーはふいに立ちあがり、話を終わりにしようとした。一日にこれだけ話せばじゅうぶんだ。「脅されたってあなたの思いどおりにはならないわ、コナー。私が考えているのはイジーのことと、あの子にとってなにがいちばんいいかだけよ」

「脅そうなんて思っていない。分別を持ってほしいだけだ！」コナーはルーシーの腕をつかんだ。「イジーには母親も父親も必要だ。それがわからないのか？」

「わからないわ！」コナーを見あげたルーシーは、一日じゅう鬱屈としていた感情を突然爆発させた。「私に言わせれば、あなたが父親なら、いないほうがイジーは幸せよ！」

コナーの顔を間近で見たとき、ルーシーは言いすぎたことに気づいた。振りほどこうとした手が引き寄せられる。キスをしようとしているのがわかって、ルーシーの目に涙がこみあげた。怒りに任せてキスをするなんて、絶対にしてほしくない。孤独な日々にすがってきた大切な思い出がすべて壊れてしまう。

けれど、重なったコナーの温かく力強い唇に怒りは感じられなかった。ルーシーをこらしめようとするところは少しもない。コナーのキスはまるで、命でもかかっているかのようだった。深い感情に突き動かされたキス。こんなふうに口づけされたことは一度もなかったので、ルーシーは衝撃を受けた。

ルーシーの唇が開いてコナーの唇ととけ合ったとき、二人の間に激しい情熱がほとばしった。ほんの数秒のことなのに、いつまでも続いたような気がする。コナーはルーシーを押しやり、荒く息をついた。

彼女も似たような状態だった。キスで二人の感情は解き放たれた。この先どうなるのだろう？

　コナーはきびすを返し、次の瞬間、玄関のドアが乱暴に閉まるのが聞こえた。その音で目を覚ましたイジーが泣きだす。ルーシーは空っぽになった肺に空気を吸いこみ、寝室に行って子供用ベッドからイジーを抱きあげた。赤ん坊は興奮し、むずかっていたので、キッチンへ連れていってミルクをのませた。世話をしている間じゅう、ルーシーの心は乱れていた。どうしてコナーはあんなふうにキスをしたの？　どういう意味なの？

　その答えは見当もつかなかったが、彼がまだ自分を求めているのがわかって、ルーシーは不安になった。相手が無関心なら上手にあしらえても、見るたびにあの貪欲な、それでいてやさしい唇を思い出してしまったら、イジーのために正しいことをするのがひどくむずかしくなってしまう。

　自分のせいで子供を傷つけるのではないかと思うと、またしても涙がこみあげた。考えなくてはならないのは自分やコナーの気持ちでなく、大事な子供のことだ。この子は二人の情熱の結果として生まれた。その情熱でこの子が傷ついてはならない。

　コナーは眠れない夜を過ごした。時差ぼけでまだ体内時計は狂っていたが、そのせいで寝つけないのではないとわかっていた。彼を悩ませていたのは、ルーシーのアパートメントでの出来事だった。

　彼は周囲の丘から朝日がのぼる前に起き出し、キッチンの窓辺に立ってブラックコーヒーを少しずつ飲んだ。ルーシーにキスをしたのは怒りからだ、と何度も自分に言い聞かせる。ある程度はそれも真実だっただろう。だが、それ以上に情熱に駆られてのことだった。コナーがルーシーに抱く情熱と、ルーシーがコナーに抱く情熱に。

昨夜のルーシーへの欲望が強すぎて、今も体がうずいていた。彼女を抱きしめたとたん、慣れ親しんだなだらかな曲線と髪の香り、やわらかな肌が忘れられなくなった。まるでルーシーのすべてが心に刻みこまれていて、ひとたび触れただけで正しいボタンが押された気分になった。あのとき立ち去らなければどんなことになったか。しかし、今は許されないことだ。ルーシーと一夜をともにしたりしたら、事態ははるかに複雑になってしまう！

午前六時過ぎに着いたとき、小児科はあわただしいようすだった。きびきびと挨拶(あいさつ)をするコナーに、看護師たちが驚いた顔をする。前任者は決して怠け者ではなかったが、科の責任者がこんなに早く出勤するのは前代未聞だった。彼を見て明らかに驚いたことは、ビーの表情にもはっきりと表れていた。

「習慣にならないといいのですが。先生が毎朝こんな時間に来て監視するようでは、看護師たちがいやがりますよ」

「誰も監視する気はないよ。眠れなかったので、ラッシュアワーを避けて早めに来ただけだ。ソフィー・フィッシャーの容態は？」

「かなりよくなりました」

説明されてビーは態度をやわらげ、コナーは一つ成果をあげたことを実感しながら高度治療室へ向かった。

「電気的除細動の効果があったようで、今は落ち着いています。ディーが看護すると言ってきかず、今もついています。ディーはまさしく天の恵みでした。それから夜間、ちょっとあわただしいことがありました。交通事故と穿孔(せんこう)性虫垂炎の患者が来たんですが、彼女がいなかったら対応できなかったでしょう。先生のすばらしい魅力で、彼女をここに引きとめておけません？」

コナーは笑った。「努力してみるよ。とはいえ、今はその魅力も半減というところだな。時差ぼけのせいで」

ビーは目をくるりとさせた。「謙遜がすぎますわ。せいぜいがんばってみてください」

ビーはせかせかと立ち去り、コナーは治療室に入った。ディーはベッドのそばに座っていた。立ちあがろうとする彼女を手で制する。「そのままで。ビーに聞いたが、ゆうべは期待以上の働きだったようだね」

ディーは疲れたような笑みを浮かべた。「できることをしたまでよ」

「いや、とても感謝しているよ。現にビーは、君を引きとめてくれないかと言ってきた」コナーはベッドの端からカルテを取り、丁寧な記録に目を通した。

「認められたのはうれしいけど、今は常勤の仕事はできないわ。ほかのことで手いっぱいで」

「わかるよ。でも、数時間でも働く気があったら言ってくれ。少しは気分転換もいいだろう」

「ぜひそうしたいわ」ディーはうるんだ目で笑い、立ちあがった。「自分の問題が解決できたらすぐにでも働きたいけれど、そうはいかないでしょうね。私は子供ができない。父親になる望みがないのに、マイクが私と結婚するのは公平じゃないわ」

ディーの頬に涙が伝うのを見て、コナーはため息をついた。ディーの婚約者のマイク・ウィルソンはボストンの職場の同僚で、コナーは彼のことをとても尊敬していた。ディーが悪性の小児癌の治療を受けて不妊症になったと知ったとき、マイクはひどく落胆していた。そのころコナーは自分に子供がいるとわかったばかりで、二人の事情を聞いてよけいに心を痛めた。だからディーがイギリスへ帰国するからついていってくれないか、とマイクに頼まれると、すぐさま同意した。

コナーはベッドをまわり、ディーに腕をまわした。

「最後にはうまくいくさ、ディー。きっとね」

「そうは思えないわ。マイクは大っぴらに子供が欲しいと言っていたのに、私には産めないのよ……」

ディーが肩に顔をうずめて泣きだしたので、コナーはため息をついた。これ以上どう言って彼女をなぐさめようかと思っているうちにドアが開き、ビーが顔をのぞかせた。彼とディーを見て驚きの表情を浮かべる。コナーはすぐさま、ビーの目に自分たちがどう映ったかを悟った。まるで恋人同士が抱き合っているように見えただろう。そう考えると、歯ぎしりしたい思いだった。

病院の情報網がどのようなものかは知っている。自分とディーのこんな状況が耳に入ったらルーシーはなんと言うだろうと思い、コナーはぞっとした。彼女の自分への印象はさらに悪いものになるだろう。そして、気が滅入る問題を引き起こすに違いない。ただでさえ悪い状況は、ますます悪くなるだろう。

5

「どう見ても夢中で抱き合ってたって。なにかあると思わない、ルーシー？」

「なんのこと？」

ルーシーはコートをロッカーに突っこみ、ドアを閉めた。今朝はイザベルが託児所で離れたがらず、なかなか立ち去ることができなかったのだ。イザベルが落ち着くのを見届けてから、交替時間に間に合うように急いでやってきた。そのせいで、サンドラの話はまったく耳に入っていなかった。

「なんのことって、コナーとディーのことよ」ぽかんとしているルーシーに、サンドラはため息をついた。「聞いてなかったの？」

「ごめんなさい。ちょっとぼんやりしていて」

「コナーとディーが高度治療室にいるところを、ビーが見たのよ！」

「それで？」

「もちろん、いちゃつく、キスする、べたべたする、そのほかありとあらゆる婉曲表現で言われるようなことをしていたってわけよ」サンドラは顔をしかめた。「コナーを追いかけても時間の無駄みたいね。ついてないわ。男性に目をつけるたびに、誰かに先を越されてしまうんだもの」

「私……あの……もう行かないと。ビーに会わなくちゃならないから、あとでね」

そのニュースにどれほど打ちのめされたかをサンドラに気づかれる前に、ルーシーは詰所へ向かった。

コナーがディーとキスしていた？　本当なの？

不快感がこみあげてきて、詰所に入る前に立ちどまらなくてはならなかった。二人にはなにかあると薄々気づいていたのに、どうしてこんなにショックを受けるのかわからない。けれど、昨夜のことがあったあとで、コナーが別の女性といるところを想像しただけで気分が悪くなった。

キスを交わしたとき、彼も私と同じことを感じているとばかり思っていた。でも、そうではなかったようだ。彼がキスしたのは情熱に駆られたからでなく、私を意のままにするためだったのだ。だとしたら、彼はあとで驚くことになる。誰も、魅力的なコナー・マッケンジーでさえも、私を操ることはできないのだから！

詰所のドアを開け、顔を上げたビーに笑いかける。自分が傷ついていることを、誰にも見せてはいけない。「ゆうべはどうだった？」

「てんてこ舞いよ」ビーはあくびをして立ちあがった。「急患が二人、立て続けに運ばれてきたの」

ルーシーはビーが書いた夜勤の報告書に目を通し

た。二人の新患に目がとまる。「交通事故と虫垂炎だったの？」

「そうよ。ベン・ロバーツが虫垂炎。今朝起きてから容態が安定していないので、注意しておいてくれる？　クロエ・シモンズが交通事故よ。父親の車が高速道路の中央分離帯に衝突して、投げ出されたの。多発性骨折と脳震盪の恐れもあるわ。だけど、今は安定してる。もっと悪いことになっていた可能性もあったのよ」

「ご両親は？」子供に悲しい知らせを伝えずにすむよう祈りながら、ルーシーはきいた。

「母親は骨盤を骨折して二階の外科で治療を受けているわ。父親は無傷よ。休暇でスコットランドへ行く途中だったの。道がすいている夜を選んだみたい。警察は父親の居眠り運転とみているわ」

「ありうるわね」ルーシーはほかの記述を読んだが、とくに変わったことはなかった。

　彼女は机に向かい、あの噂は本当なのかとビーに確かめたい気持ちと闘った。コナーがなにをしようと関係ない。けれど、彼がそれほどきわどい場面を目撃されたのには驚いた。ルーシーとつき合っていたときにはいつも節度を守り、二人の恋を人目にさらす危険は冒さなかったのに。今回は人目についてもかまわないと思っているなら、ディーへの気持ちのほうがずっと深いのは間違いない。

　気にしてもしかたないと何度自分に言い聞かせても、ルーシーは傷ついていた。そのことを考えまいとしながら日誌に目を通し、今朝退院する予定の子供を確認してから病棟へ向かう。朝食時だったので、ベッドを離れてもいい子供たちを遊戯室に連れていき、ほかの子供たちがちゃんと食べているかを確かめた。重い感染症にかかり、扁桃腺を二日前に摘出したばかりの五歳のデイジー・バンクスは、おかゆを食べさせようとすると泣きだした。

「喉が痛いの」少女は泣き声で言って、ボウルを押しやった。

「痛いのはわかるわ。でも、食べなきゃよくならないわよ」ルーシーは少女を抱いて、ボウルを手に持った。「ヨーグルトは好き？　冷蔵庫に入っているから、代わりにそれを食べてもいいわ」

「うん、それがいい」デイジーは小声で言い、手の甲ではなをぬぐった。

ルーシーはティッシュを取って少女に渡してから、病棟のキッチンへ向かった。冷蔵庫には簡単な食料品が保存されている。棚にヨーグルトが二つあるのを見たルーシーはほっとした。

　スプーンを見つけ、デイジーのところに戻って、蓋を開けるのを手伝ってやる。少女が食べはじめるのを見届けてから、ほかの子供たちのようすを見た。虫垂を切除したベン・ロバーツのベッドに近づくと、彼はひどくだるそうだった。

「おはよう、ベン」ルーシーは少年に笑いかけ、体温計をケースから出した。「私は正看護師のアダムスよ。ゆうべ運びこまれたときにはその場にいなかったから、あなたの具合を知りたいの。体温をはかってもいい？」

　ベンはうなずき、ルーシーはデジタル体温計を耳に入れた。一瞬で計測が終わり、彼女はベンの体温が平熱より高いことに気づいて顔をしかめた。カルテに記入し、脈をとる。脈もひどく速いのに気づいて、不安がさらに増した。ベンは感染症にかかっているようだ。できるだけ早く手当てしなくては。

　ルーシーはベンに水を飲ませ、ナースステーションからコナーのオフィスに電話した。彼の声を聞いて、心臓がはねあがった。「正看護師のアダムスです、マッケンジー先生」距離をおくには仕事に徹したほうがいいだろうと思い、彼女は形式張った言い方をした。昨夜のことがあったあとで、彼とディーのことは考えたくない……。「診てもらいたい子供がいるんですが」考えが脇にそれる前に、彼女はすばやく言った。

「わかった。すぐに行く」

　コナーは子供の容態をきかずに電話を切り、ルーシーは口を閉じた。別の女性とつき合っているのに私とキスしたことを後ろめたく思っているの？　そうだったらいいのに、と心から思った。あんなことをした以上、当然よ！


　病棟に入ったとたん、そこに漂う雰囲気に気づいてコナーはため息をついた。明らかにビーは自分が見たことを話し、彼らは大げさに想像をめぐらせているのだろう。サンドラがつんと顎を上げて通り過ぎていくのを見て、彼は歯ぎしりした。職員を集めて、自分とディーはつき合っていないと公言するしかなさそうだ。だが、釈明などするものか。好きなように考えさせておけばいい。

　しかしその決意も、ルーシーの顔を見たとたんに揺らいだ。彼女の傷ついた目を見るのに耐えられず、説明するのが自分の責任だと思った。

「いいかい、ルーシー、君がなにを聞いたか知らないが――」

「ベンは六番ベッドにいます、マッケンジー先生。微熱があるので診ていただきたいんです」

　ルーシーはコナーの脇にまわりこむことで、彼の話には興味がないとはっきり示した。コナーは自分が悪いことをしているような気分にさせられたのをいまいましく思いながら、彼女のあとをついていった。説明する義務もないのに、どうしてそんなふうに感じなくてはならないんだ？　彼女が傷ついたからといって、なにを気にする？　大切なのは娘だけだ。そのことを肝に銘じておかなければ。

　ルーシーは少年のカルテを渡し、コナーが目を通すのを待った。見たところ、ベンが病院に収容されたときには問題がなかったようだ。だが、ここ数時間で体温が上昇していた。穿孔性虫垂炎はしばしば腹膜炎を起こすことがある。腹腔をおおう膜が炎症を起こすのだ。そうなると非常に深刻な事態になる。ルーシーが診てくれと言った理由がわかった。

　コナーはカルテをベッドに戻し、少年にほほえみかけた。「やあ、ベン。僕はマッケンジーだ。今朝はどんな具合だい？」

「わかんない。熱いような、おなかが痛いような……」哀れっぽく言葉をにごす少年に、コナーはうなずいた。

「ちょっと診察したほうがよさそうだな。傷を見てからおなかを触るので、痛かったら言ってくれ」

　コナーが手袋をはめている間に、ルーシーが上掛けをめくり、傷をおおっていた包帯を注意深くはずした。虫垂炎切除を行った外科医は少年の腹部を、昔ながらの手法で手術に必要なだけ切開していた。虫垂炎で内視鏡手術を行う利点については、現在も意見が二分している。そして、多くの外科医が今も伝統的な開腹手術を好んでいた。

　切開に問題があったようには見えなかった。傷跡はきれいだし、膿も出ていない。プラスチック製のドレナージ管が切開部分に差しこまれ、膿を排出しているが、そこも問題ないようだ。だがベンの腹部をやさしく触診しながら、コナーは眉をひそめた。腸壁の筋肉が痙攣し、触ると硬く感じるし、蠕動している気配がない。蠕動とは腸の筋肉が波のように収縮することで、消化管に食物を送るのに必要な動きだ。典型的な腹膜炎の症状で、避けたいと思っていた事態だった。

「虫垂の周囲に膿瘍があったという報告は？」コナーはルーシーに尋ねた。

「確認してみます」ルーシーは持っていたファイル

を広げ、報告書にすばやく目を通した。「いいえ、なにもありません。ごらんになればおわかりだと思いますが、すべて問題ないようです」

コナーは身を乗り出し、ルーシーの肩越しに報告書をのぞこうとした。懐かしいシャンプーの香りを吸いこんだとたんしまったと思ったが、すでに遅かった。歯を食いしばり、昔と同じように反応する体に気づかないふりをする。

「ごく普通に思えるな」ぶっきらぼうに同意した。

「執刀医に電話で確認しましょうか?」ルーシーはコナーを見あげてきいた。

「その必要はない」

コナーは一歩下がった。これ以上ルーシーのそばにいたら、自分を信用できなくなる。今も昨夜の出来事が感覚を刺激し、気持ちを抑えるのがどれほどむずかしいことか。すばらしいキスのことを思い起こす代わりに娘のことを考え、もっと長い時間会わせてもらえるようルーシーを説得する方法を見つけるべきなのに。

「ベンにどの抗生物質を使ったか書いてあるか?」

ばかげた妄想は終わりにしようと、コナーはルーシーに尋ねた。担当医が処方した薬の名前と量をルーシーが伝え、彼はうなずいた。「種類はいい。けれど、用量を増やそう。それから検査室でいくつか検査してほしいことがある。患者の容態を正確に把握したうえで、治療しなければ」検査用紙に指示を書きつけて署名したあと、ベンに笑いかけた。「新しい抗生物質が効けば少しよくなると思うが、おなかが痛くなったらすぐに看護師さんに言うんだよ」

「わかった」ベンはようやく笑みを浮かべてうなずいた。

コナーは病棟を出てオフィスに戻り、まだ七時だということに気づいてため息をついた。一日分の仕事をしたような気分なのに、先はまだ長い。八時には新しい部下たちとの打ち合わせがあった。そこで、みんなが来る前にコーヒーを飲みながら人事ファイルに目を通すことにした。うまく協力していくためには、職員の長所と短所を知っておくことが肝心だ。

職員用の食堂でLサイズのコーヒーを買い、机に戻って、一緒に働くことになる人々のファイルを一時間ほど読んだ。コナーがいない間にかなりの異動があったらしく、とくに専門研修医は二人ともまったくの新人だった。だが、悪いことではない。前任者のことは深く尊敬していたが、コナーには自分なりの考えがあったし、職員が自分のやり方にこだわっていなければより簡単に方針に変更を加えられる。

ちょうどファイルを読みおえたとき、ドアにノックの音がして、職員の到着を告げた。

コナーは彼らを部屋に通し、自己紹介した。上級専門研修医のマーティン・フェローズはとても熱心なタイプのようだ。一方、初級専門研修医のアマンダ・ドブソンはずっとのんびりして見える。最後の一人、トム・ブラッドショーは小児科で一年の研修を始めたばかりだ。

挨拶のあと、コナーは三人を病棟へ連れていった。人事ファイルにはそれぞれの経歴が書かれてあったが、彼らがどのように患者に接するかを見たかったのだ。詰所に着くとルーシーが出てきて、礼儀正しくほほえんで型どおりの挨拶をした。

それ以上の言葉を期待しても無意味だと知りながらも、昔のルーシーの態度をコナーは思い出さずにはいられなかった。職場でかしこまっているときでも、彼を見るルーシーの瞳にはあからさまな情熱がこもっていた。

ルーシーが心から大切に思ってくれていたからこそ、コナーはイギリスを離れた。彼女の気持ちを傷つけたくなかったのだ。だがコナーはふいに、過去に戻ることを願っている自分に気づいた。もし時間を巻き戻すことができたら、僕はやはり彼女のそばを離れただろうか？

「彼女はクロエ・シモンズ。ゆうべ、交通事故にあって入院しました」

ルーシーは患者のカルテをコナーに渡し、ベッドに近づく彼のために場所を空けた。今のところ、回診はいつもどおり行われている。この調子でいってほしい、と彼女は思った。看護師としての態度を崩さずにコナーに接していれば、なにもかもうまくいくだろう。

「嘔吐はない。いい兆候だ」コナーはカルテに目を通し、トム・ブラッドショーを見た。「脳震盪の典型的な例としてほかになにが考えられる、トム？」

「錯乱、受傷直前の記憶喪失、めまい、かすみ目などです」研修医は早口で答えた。

「症状はどれくらい続くと思われるかな？」コナーは続けてきいた。

「患者がどれだけの間、意識不明だったかによります。意識不明の時間が長いほど症状は深刻になります。といっても、その説を実地で確かめたいとは思いません」トムは言い添えた。「深刻な事態かどうかは、なるべく早くはっきりさせたいので」

「深刻というのは？」コナーが問いただした。

「もっとも心配されるのは硬膜外出血です。頭蓋骨と脳の間に出血があれば、大至急手を打たなくてはなりません」

「よろしい。医科大学で習ったことがしっかり身についているみたいだな」

若者の顔にほっとした表情が浮かんだのを見て、ルーシーは笑みを隠した。明らかにコナーの評判が先行しているに違いない。仕事に打ちこむあまり、一緒に働く職員にも百パーセントのものを要求しないと気がすまない男性だと。しかも、彼らもまもなく知ることになるだろうが、コナーは私生活を持つことを許さない。彼は仕事に生きている。その事実があるから、彼を娘の人生にかかわらせるときはひどく慎重にならなくてはならないのだ。娘までも、コナーの人並みはずれた労働倫理の犠牲にするわけにはいかない。

回診を終えるころ、ルーシーのその思いは頭の片隅に追いやられた。コナーたちが病棟を出ようとしたとき、サンドラがやってきてコナーに救急科から電話だと告げ、彼がオフィスへ向かう。コナーの姿が消えたとたん、アマンダ・ドブソンはよろよろと机に近づき、椅子に座りこんだ。

「終わってほっとしたわ！　彼が噂どおりの怖い人だったらどうしようと思って、ゆうべは眠れなかったの。話ではすごい暴君だと聞いたけれど、実際はいい人なのね。あなたはどう思った、マーティン？」彼女は上級専門研修医を見た。

「彼は部下のことをよく知っているようだね」マーティンは慎重な表現をした。

アマンダは目をくるりとさせた。「当然よ！　そうでなければあの職にはつけないわ。ただ、彼は要求が厳しいとあまりにもたくさんの人から聞いていたから、怪物みたいな人を想像していたの。でも、本当はとてもいい人だったわ」

「たぶん、彼がまるくなったのにはわけがあるのさ」トムがにやにやした。「キューピッドの矢が胸に刺さったら、別人のようになるというからね。噂が本当だとすれば、そのせいかもしれない」

「噂って？」アマンダがきく。

今朝、コナーとディーがなにをしていたかをトムが生き生きと説明しはじめ、ルーシーは顔をそむけた。二度とその話は聞きたくない。昨夜のキスが彼にとって意味がある、と信じていた自分がどれだけ愚かだったかを思い知らされるだけだから。

ルーシーは病棟に戻り、デイジー・バンクスの母親が荷造りするのを手伝った。少女は今日退院する予定だったので、ミセス・バンクスに娘さんの喉はあと二週間は痛むはずなので、のみこみやすいものを与えてくださいと指示する。二人をエレベーターまで送ったところで、コナーがルーシーをさがしに来た。

「救急科に髄膜炎の恐れのある十歳の子供が運ばれてきた。今から診察するので、君は高度治療室のベッドの用意をしてくれないか？　もし髄膜炎なら、注意深く観察しなくてはならない。ソフィー・フィッシャーはほかに移せるだろう。デイジー・バンクスが退院したので、ベッドは空いているはずだ」

「ええ。でも、職員はどうすれば？　ディーは帰ってしまいました。ゆうべ徹夜で働いた彼女を呼び戻すのは無理です」

「なんとか考える。だが、ベッドが必要なときに高度治療室を空けておくわけにはいかない。病棟を担当できそうな者をさがしてみるから、その間は君が見ていてくれ。それからディーに、もう一度夜勤で入ってもらえるかどうかきいてみる」

「わかりました」ルーシーはそれ以上なにも言わなかった。コナーは事態をうまくおさめた。それに文句を言う筋合いがある？　とくに、高度治療室を使うべきだという彼の意見には賛成だ。必要なときにベッドを使わないのは犯罪だから。でもコナーがあれほど高度治療室を使いたがるのは、ディーをそばに置いておく口実ではないだろうか？

ルーシーはため息をついた。そうだとしても、私には関係ないわ。コナーがなにをしようと本人の問題よ。もちろん、彼とディーの関係がイジーに影響するなら話は別だけれど。

ルーシーは顔をしかめた。コナーとディーがつき合っているとして、それがどんな意味を持つのか考えてもみなかった。けれど、考えておくべきだった。二人の関係が本当に深いものだったら、彼はディーに子供のことを話すだろう。自分の家族にも秘密にしていたのに、彼が娘の父親だと知っている女性に、私はどんな感情を抱くだろう？

　しかも、彼はディーを娘に会わせようとするかもしれない。そのことはどうなの？　二人が私の娘と幸せな家族を演じるなんて、我慢できる？

　どこまで複雑なのだろうと思って、ルーシーは気持ちが沈んだ。そして、自分がどれほど無力なのかと。コナーに最後通告を突きつけ、恋人と娘のどちらを取るかと迫ることはできない。なりゆきを見守るしかない。けれど子供に影響があると思ったら、躊躇なく間に割って入るつもりだ。コナーの人生に私の出番はこれ以上ないかもしれない。でも、私はイジーの母親だ。大事なのは、娘が傷つかないようにすることだわ。

6

「アランが高度治療室に入りしだい、腰椎穿刺を行います。その間、抗生物質を静脈に投与します。この段階では髄膜炎と断定できませんが、楽観視はできません」

「どれくらいかかるものなんですか、先生？」男性が腕時計に目をやり、ため息をついた。「私はここにいなくてもいいんでしょう」

「数分のうちに高度治療室へ移されます。そこで腰椎穿刺を行い、検査室からの結果を待ちます」

　コナーはあえて冷ややかな態度で接していた。十歳のアラン・ジョンソンは地方自治体の養護施設で暮らしていて、病院につき添ってきた福祉司が少年の苦しみにまったく心を痛めていないことはすぐにわかった。

「ずいぶんかかりそうですね」児童福祉司のグレアム・ホワイトは、話を聞いてひどく不満そうだった。

「あと三十分で勤務時間は終わりなんですが」

「だったら同僚に交替してもらえばいい」コナーは不愉快な気持ちで立ち去った。施設の子供全員がこんなふうに扱われているとすれば気の毒だ。暗い気持ちで考えながら、またアランの処置に戻った。

　こんな状況に直面したのは初めてではないし、これで最後でもないだろう。いつもなら心を動かされることは決してなかったが、以前のように距離をおくことはできなくなっていた。まるで皮膚の下で感情が沸きたち、ほんの少しの刺激で爆発してしまいそうだ。これまでつねに冷静だったコナーのような人間にとって、恐ろしいことだった。新たに生まれた感情的な自分のせいで、判断が鈍るようなことがあってはならない。

　アランの移送の準備をすませると、コナーは二階へ向かった。ルーシーはソフィーを高度治療室から病棟に移し、清掃係を監督しているところだった。衛生学をきちんと実践するのは重病人を看護する場所において不可欠なことであり、ルーシーなら極めて高い水準で実現してくれるに違いない。彼女の仕事ぶりを、コナーは尊敬していた。それよりも魅力的なところは山ほどあったが。

「どんなようすだい？」ルーシーが治療室から出てきたので、コナーはもの思いにふけるのをやめた。彼女のどこに惹かれているかを考えていてもなんの役にも立たない。とくに、昨夜のあとでは。

「準備ができたところです。髄膜炎でしたか？」詰所へ向かいながら、ルーシーが尋ねた。

「そう思う。確認のために腰椎穿刺の必要があるけれどね。首のこわばりはないが、そのほかの症状はすべて現れている。羞明(しゅうめい)、ひどい頭痛、発熱、吐き気」

「発疹(ほっしん)は？」

「まだ見られないが、肘を曲げたところに傷のようなものがあった。前にも見たことがある。まず傷ができ、発疹があとから出てくる」コナーは肩をすくめた。「抗生物質を静脈に投与すれば、効果が表れるだろう」

「人員についてはどうなりました？」ルーシーはそう言い、机の向こう側へ行った。

「看護師長は、今週いっぱい派遣看護師に君の代わりを務めさせると言ってくれたよ」

「本当に？　上の人たちはこれ以上派遣看護師を雇わないことにしたと聞いたけど。よぶんな費用がかかるからって」ルーシーは急に笑いだした。「それだけの結果をもぎ取ったということは、かなりの圧力をかけたんでしょうね」

コナーはほほえんだ。「僕にはいっさいの言い訳は通用しない、とはっきり言ったまでだ」

「でしょうね」彼女はふいに笑みを引っこめた。コナーはその顔をしげしげと見た。「夜勤のことで、ディーに連絡しておいてくれました？」

「いいや、時間がなかった。あとで電話する。彼女が来られなかったら、もう少し圧力をかけなくちゃならないな」コナーは深呼吸をした。さっきは説明しようとしてはねつけられたが、ディーとの噂(うわさ)は嘘(うそ)だとはっきりさせなくては。「ディーと僕はただの友達だ。僕たちのことを誤解しないでほしい」

「あなたとディーの関係なんて興味ないわ」ルーシーはぶっきらぼうに言って、トレイから書類を取った。「ベン・ロバーツに関する検査室の報告が来ました。感染の原因は大腸菌だそうです」

「すると、それほど意外なことじゃないな。腹膜炎を起こす細菌の中ではもっともありふれたものだ。

つねに腸内に存在するからね」

コナーは報告書を受け取りながら、聞く耳を持とうとしないルーシーへの不満を隠そうとした。僕がディーとつき合っていると信じているのか、それとも本当にどうでもいいのか?

後者のほうがはるかにありそうだと思い、気持ちが沈んだ。その考えにひどく動揺しているのを苦労してごまかし、検査結果に目を通す。「メチシリン耐性黄色ブドウ球菌でなかったのはありがたい」目下の話題に集中しようとする。「ダルヴァーストンは感染予防で高く評価されている病院だが、メチシリン耐性黄色ブドウ球菌の患者は年々増えているので楽観視はできない。抗生物質の量を増やせばなんとかなるといっても、ベンの容態が安定するまで看護師に注意させるように」

「もちろんです。新たに人をつけますので、問題ありません」ルーシーは冷静に言って、検査結果をファイルに戻した。きちんとした仕事ぶりが、コナーへの無関心さを示しているように見える。

昨夜、彼女はなぜあんなに情熱的なキスをしたのだろう? 純粋な反応だったのか、それとも僕の情熱を利用して復讐しようとしているのか? そのときサンドラがドアをノックし、患者が運ばれたと告げたので、コナーはほっとした。ルーシーが罠を仕掛けているかもしれないという考えには、とうてい耐えられない。

二人は高度治療室へ向かい、ドアの外で消毒薬を手に吹きつけた。この治療室に入る者は相互汚染を避けなければならない。その旨を書いた紙がドアに新しく張られているのに、コナーは気づいた。ルーシーはあらゆることに抜かりがない。その事実は、彼女があのとき情熱に我を忘れていたわけではないという疑惑を裏づけていた。冷静な彼女が我を忘れるはずがない。

コナーはその考えを無理やり頭の奥に押しやった。

ルーシーが棚から使い捨ての白衣を取って彼に渡し、自分もそれを着る。身支度をすませ、二人は部屋へ入った。アランはひどく眠たそうだった。細菌性髄膜炎によくある症状だ。コナーに具合はどうかときかれても、答えるのがひどく大儀そうだった。

「わかんない……頭が痛くて……お薬でよくなるのかな」

「よくなるとも。だが、効くまでには少し時間がかかるんだ」コナーは少年を安心させるように言った。「あとちょっとの辛抱だよ」

見まわすと、ルーシーがブラインドを下ろしたところだった。まぶしさに耐えられない羞明という現象も、髄膜炎の症状だ。部屋が薄暗くなって、少年がほっとするのがわかった。コナーはルーシーを隅に連れていき、指示を出した。

「できるだけ早く腰椎穿刺を行いたい。アランに説明している間、用意してもらえるか?」

「ご両親を連れてきましょうか?」

「親はいない」彼は懸命に感情を抑えた。「地元の養護施設で暮らしていて、ここには福祉司が連れてきたんだ。あの男がそのあとどうしたかわからないが、家族用の待合室にいるかもしれない」

「そう」ルーシーは少年を気の毒そうに見た。「では、今のところは呼ばずにおきましょう。終わってからでもアランには会えるから」

「それがいちばんだろう」ルーシーがその場を離れ、コナーは少年に向き直った。たった今彼女の目に浮かんだ同情は考えないようにする。そんなことを考えていても、冷静さを保つ役には立たない。「いいかい、アラン。これから君がどうしてそんなに具合が悪いのかを調べるために、腰椎穿刺という検査をするからね。腰椎というところに針を刺して、ちょっとだけ体液を取らせてもらうよ」

「針を刺すの？」少年は心底おびえたようにきいた。

「そうなるが、長くはかからないよ。それに検査に必要な体液が取れたら、とりあえずは終わりだ」

「約束する？」アランは不安そうにつぶやいた。

「神に誓うよ」

　コナーは胸の前で十字を切り、無理に笑顔を作った。ルーシーはすべての準備を整え、コナーが少年の体を横向きにするのを手伝った。少年の顎を胸に引き寄せ、膝を引きあげて椎骨が開くようにする。

　コナーは腰椎に手早く局所麻酔を施し、椎骨の間に針を刺しこんで髄液を採取した。それが終わると、ルーシーはすぐに穿刺部位を滅菌包帯でおおい、ふたたび少年を楽な姿勢にした。

「よくやった！　がんばったな」コナーはアランに言った。「いちばんつらいところは終わった。あとは検査の結果が出るまで、ゆっくり休むといい。アダムス看護師がついているから、なにかあったら言うんだよ。それからミスター・ホワイトがまだここにいるから、会いたければ呼ぶよ」

「ううん」アランは目を閉じた。「施設の人には会いたくない」

「だったら、眠りなさい」コナーはそれ以上なにも言わずに部屋を出た。なにか言ったら、不必要なほど感情をあらわにしてしまいそうだった。明らかにアランは養護施設で幸せに暮らしてはいないようだ。コナーにはその理由もわかっていた。

　施設の子供たちの暮らしがどのようなものか、コナーは身をもって知っていた。食べ物と服を与えられ、きちんと学校に通い、健康な生活を送るために医者にもかかれるが、自分を愛している人がどこにもいないという事実のうめ合わせにはならない。愛情は子供が幸せになるための最大の要素だ。だからこそ、自分の娘には愛してくれる人たちに囲まれた暮らしをさせると決めていた。

コナーはため息をついた。決意が固くても、目的をやすやすと達成できるわけではない。ルーシーに自分が本気であることを信じさせなくては。彼女がひどく用心深くなる気持ちもわかる。これまでの僕は、長い間にわたって誰かとかかわりを持てる人間ではなかった。しかし、娘のためにいちばんいいことをしたいと思っているだけなのだと、なんとかして彼女にわからせなければ。

もちろん、ルーシーにとってもいちばんいいことをしたいというのはまた別の話だ。イギリスを離れたとき、彼女の人生に口出しする権利はすべて手放した。今望めるのはせいぜい、いつか二人がいい友達になれるかもしれないということくらいだ。

二人が友達になる、というのはひどく妙な感じだった。心の奥底では、友達では決して満足できないことがわかっていたから。

ようやく週末がやってきた。仕事に復帰して最初の一週間を終えたルーシーは、土曜日は家事に専念した。娘を公園に連れていく予定だったけれど天気が悪く、近所の店へ買い物に出るだけにした。

日曜の朝にはじっとしていられず、イザベルを乳母車に乗せて外出した。コナーは二時ごろ来ると金曜の午後に言っていたので、すぐそこに迫った父親の訪問のことを考えて神経質にならずにはいられない。彼を娘に会わせるのは正しいこと？　それとも拒むべきだった？　ルーシーには決められなかった。賛成にも反対にも理由がありすぎる。ただ願うのは、自分の決断を後悔したくないということだけだった。

公園からイザベルを家に連れて帰り、昼食を与えてから昼寝をさせた。まだ一時なのに呼び鈴が鳴り、コナーだろうと思ってルーシーはうめいた。今も自分のしていることが正しいかどうかわからない。けれど、今は彼を入れるしかない。

「イジーは昼寝中よ」玄関に入ってきたコナーに、彼女はそっけなく言った。「寝かしつけたばかりで、まだ起こしたくないの」

「よかった。早く来すぎたのはわかっているんだが、アラン・ジョンソンを診なくてはならなかったんだ。ゆうべのうちにまた熱が高くなって、ビーに呼ばれた」ルーシーのあとから居間に入りながら、コナーは説明した。「家まで帰って、またここへ来るのは二度手間だと思って。迷惑だったら謝るよ」

「迷惑なんかじゃないわ。ただ、二人の立場をはっきりさせるために、時間は守ってほしいの」

「もちろんだ。二度とこんなことはないようにする。約束するよ」

コナーはソファに腰を下ろし、一瞬ためらってからルーシーもそうした。あんなに身構えるような言い方をしなければよかった。神経質になっている自分を、あからさまに見せる必要がある？

「なあ、ルーシー、イジーの顔を見に来るたびに君といざこざを起こしたくないんだ。僕たちがいつも言い争いをしていたら、イジーにとっても決してよくないだろう」

「言い争いをしているつもりはないわ。ただ、ちょっとした基本ルールを守ってほしいだけよ」

「そうなのか？　そのために僕に食ってかかったのか？　ルールを守れなかったから？　だったら、君が思いついたほかのルールを教えてくれ。守るから」ルーシーが答えないのを見て、コナーは疑わしげな顔で笑った。「僕に来てほしくないからだと、正直に言ったらどうだ？」

「そんなことはないわ。それに、あなたに私が責められる？」

「僕が君を置いてアメリカに行ったからか？　だけど、僕は君に嘘をついたことはない。自分の目標についてはなにも隠さなかった。僕が仕事を大事にしていたことは君も知っていたはずだ。どんなものにも目標を達成するじゃまはさせないと」

「だからこそ、イジーに父親らしい感情を持ったというのが疑わしいのよ」ルーシーは言い返した。

「事実そうなんだ。僕はイジーの正式な父親になりたい」コナーはふいに立ちあがり、窓のそばへ向かった。すらりとした広い背中が緊張しているのがわかる。ルーシーも心のどこかでは、彼が本当のことを言っていると信じたかった。けれど、用心深い部分では証拠を求めていた。

「なぜ？　私はそれが知りたいの」振り返ったコナーに、ルーシーは肩をすくめた。傷ついたような彼の目を見て、心が痛むのを認めまいとする。娘の幸せが危機にさらされているのに、彼の気持ちを考えている余裕はない。「あなたは人生に他人を必要としているようには見えないわ。子供なんてなおさらよ。あなたは一人でじゅうぶん幸せなのよ」

「たしかに昔はそうだったかもしれない。だけど、人は変わるんだ。自分に娘がいると知ったときから、僕は変わった」

コナーはふたたび腰を下ろした。彼は話を終わらせたがっている、とルーシーは思った。でも本当に考え抜いて娘に会いに来たのか、きちんと確認しなければ。「子供を持って人生が変わったというけれど、そこがいちばん心配なのよ。いい父親になるのがどういうことなのか、本当にわかっているのかしら」

「たしかに」コナーは笑みを浮かべたが、その目はひどく悲しげだった。「残念ながら、いい父親を知るチャンスはこれまであまりなかったんだ。父は僕が赤ん坊のときに死んでしまったから、顔も知らない。母は僕が六歳のときに再婚したけれど、義父は僕の父親になろうとはしなかった」

「知らなかったわ」ルーシーはコナーの告白に驚い

て、しんみりと言った。以前はこちらからきいても、彼は決して家族のことを話そうとはしなかった。そのときには距離をおきたいという意味だと思っていたけれど、別の理由があったのかもしれない。家族のことを話すのは、彼にとってつらいのでは？　しかし、コナーを誤解していたという事実はなかなか受け入れられなかった。

「知るはずがないさ」彼は肩をすくめた。「家族の話をしたことはなかったからね。話すことがなかったからだけど。母は再婚後、僕を施設に入れた。以来、母にも義父にも会っていないとだけ言っておくよ」苦笑いを浮かべる。「僕がいい親になれるかどうかはあやしいものだと思うだろうね？」

「でも、ひどいわ！」ルーシーは度を失って叫んだ。「お母さまはなぜそんなひどいことができたの？」

「さあね。それに、はっきり言ってどうでもいいんだ。母は僕の人生にかかわりはないし、一緒にいた時間もそう長くない。けれどその経験で学んだことがあるとすれば、必要とされていないという思いだけは自分の子供には絶対にさせたくないということだ。僕はイジーを大切に思っている。心から。だから、イギリスへ戻ってきたんだ」身を乗り出したコナーの目には、固い決意が見てとれた。「君を傷つけるために戻ってきたんじゃない、ルーシー。最初は腹がたったけれど、もう過ぎたことだ。今はただ、イジーの正式な父親になるチャンスが欲しい。チャンスをくれないか？　お願いだ」

コナーは息をつめて待った。道は二つに一つだ。ルーシーが僕を信じてイジーの将来にかかわらせてくれるか、あるいはそうさせないか。

正直なところ、後者だった場合にどうすればいいのかわからなかった。もちろん脅しを実行に移し、裁判で面会許可を取ることもできる。けれどそれでは、ルーシーをますます遠ざけるだけだ。結果的に彼女に憎まれるなんて、考えるのも耐えられない。

「あなたが本気だと信じていないわけじゃないの。ただ、自分が引き受けようとしていることを、本当にはわかっていないんじゃないかと心配なのよ」

コナーは呆然(ぼうぜん)とした。いい父親になれると説得することに手いっぱいで、そこまで考えがまわらなかった。「子育ての知識がほとんどないのは認める。でも学べばいい。どんな親でもそうだろう？　学びながら親になっていくんだ」彼はルーシーの両手を取ってぎゅっと握った。「イジーを傷つけるようなことは絶対にしないと誓うよ」

「今は本気なんでしょうね。でも、何年かしたらどうかしら？」ルーシーは言葉を切ったが、これだけは言っておかなければと急いで続けた。「たとえばあなたに恋人ができて、その人がイジーをうとましく思ったら？」

「そんなことにはならない」コナーはきっぱりと言った。本当のことだからだ。ルーシーとつき合ってから、ほかの女性に近づくなど考えられなかった。その気もない。つねにルーシーと比べてしまうだろうし、彼女にかなう女性などいないとわかっていたからだ。

「悪いけど、そうは言いきれないわよ」ルーシーは慎重に手を引っこめた。「この先なにが起こるか、あなたの気持ちがどうなるかわからないもの」

「君だってそうだろう」手を引っこめられたことに傷つくまいとしながら、コナーは椅子に深く座った。今の彼女の態度を昔と比べてもしかたない。昔に戻れないのはわかっている。なのになぜ、これほどがっかりするのだろう？

「どういう意味？」

「君の気持ちだって、数年のうちにどうなるかわかるものか」コナーは感情を抑えて笑った。弱気になっている場合じゃない。「君が誰かと出会って、その相手をイジーよりも大切に思わない保証はないだろう？　そういうことはありうるし、また実際にあったことは僕が身をもって知っている」

「私は絶対にないわ！　イジーを愛しているし、イジーが私を必要としている限りはそばにいるわ！」

ルーシーは勢いよく立ちあがった。自分がコナーの母親と比べられたことに明らかに動揺しているようだ。コナーも同じく立ちあがった。謝るべきだと思ったが、賢明なことなのかどうかはわからない。すでにいつになく自分のことを話していたし、これ以上弱みを見せるという間違いを重ねたくない。

「僕は君と言い争うためにここに来たんじゃない、ルーシー。だから、お互いに意見が一致しないことを認めよう」コナーは腕時計を見た。「そろそろイジーを起こす時間じゃないのかな？　君は時間に正確だったからね」

「見てくるわ」

ルーシーはコナーを許していないことを示すように、くるりときびすを返した。コナーはため息をついた。彼女が自分の母親のような女性でないのはわかっている。実際、誰かと子供を作らなければならないとしたら、ルーシー以外は選ばないだろう。

そう思ったとき、コナーは心臓がとまりそうになった。ルーシーが子供の存在を秘密にしていたと知ったときには、怒りのあまりほかのことは考えられなかった。今だしぬけにすべてがはっきりし、子供の母親がルーシーなのをうれしく思っている自分に気づいてはっとした。子供を作る計画はなかったけれど、なによりもすばらしいことには違いない。

ルーシーがイザベルを連れて戻ってきたとき、振り向いたコナーは幸せな気持ちに満たされた。施設に入れられてから僕はずっと一人だった。けれど今は愛する娘がいる。決して一人じゃない。僕の人生は一変した。将来の夢、自分のためだけの目標など、すでにとるに足りないもののように思える。今、大事なのはイジーだ。そして、子供の将来だ。

この子には僕のような孤独な思いは決してさせない。自分を悩ませてきた、拒絶される痛みを味わわせるものか。つねに自分は愛され、望まれ、大事にされていると思わせてやりたい。そして、いつかルーシーが僕を喜んでイジーの父親として迎えてくれれば、完璧(かんぺき)な幸せが訪れることだろう。ただし、そうならなかったときの心の準備はしておかなくては。

コナーは深く息を吸い、襲いかかる痛みに耐えた。欲をかいてはいけない。自分の持てる以上のものを望んではいけない。ルーシーはかけがえのない子供をもたらしてくれたのだから、信じてほしいと願うのは高望みがすぎると認めなければ。

7

「〝この子豚ちゃんは市場へ行った。この子豚ちゃんはお留守番……〟」

イザベルがうれしそうに身をよじるのを見て、ルーシーはほほえんだ。この童謡は娘のお気に入りで、コナーが続きを歌うとますます喜んだ。

「〝そしてこの子豚ちゃんは、おうちに帰るまで泣いていた。えーん、えーん、えーんって〟」

コナーに素足をくすぐられ、イザベルは発作を起こしたように笑った。ルーシーはすばやく手を伸ばし、引っくり返りそうになったイザベルを支えた。

三人はおもちゃの山に囲まれて、床に座っていた。少なくとも十二回はいないいないばあをして、それからプラスチックの積み木で塔を作ったけれど、イザベルにすぐに壊されてしまった。コナーはとても辛抱強く、ルーシーは感心していた。でもほんの数時間遊んだだけで、いい父親だという証明にはならないわ。

「小さなレディはおやつの時間のようね」ルーシーは立ちあがってイザベルを抱きあげたが、子供がむずかるので頭を振った。手がつけられなくなる前に、そろそろコナーに帰ってもらわなければ。「だめよ、明日また遊びましょう。もうおやつの時間よ」

「君がおやつを食べさせている間に、おもちゃを片づけようか?」コナーも立ちあがりながら言った。

「いいえ、大丈夫。この子を寝かせてからするから」ルーシーはそそくさとあとずさりした。子供だけを見ていたときにはよかったけれど、ふいに視線を向けられてコナーの男らしさを意識した。

「言い換えれば、もう帰ってくれってことかな?」

ルーシーが答えないので、彼は笑った。「いいんだよ、ルーシー。嫌われるほど長居する気はない。君がそれを心配しているならね。帰りに店に寄って、日用品を買わなきゃならないし。アラン・ジョンソンを診たあとにそうしようと思っていたんだが、すっかり忘れていた」

「金曜日にはずいぶんよくなっているみたいだったけれど、どうしたの?」ルーシーは即座に尋ねた。

ここでまた議論を始めても、娘をとまどわせるだけだ。無難な話題にしておいたほうがずっといい。

「どこが悪いというわけじゃないんだ。回復期には体温が変動する場合もあるが、何事もないのを確認しておきたかったんでね」

「なるほどね。アランはいい子だし、とても勇気があったわ。お見舞いに来る人がほとんどいないのが残念ね。木曜と金曜には、誰も来なかったわ」

「そうなんだ」コナーは暗い声で言って部屋を出た。

「施設の管理者に連絡したんだが、にべもない態度だった。人手が足りなくて、アランの見舞いにまで手がまわらないそうだ」

「ひどいわ。勤務時間外でも、アランに会いに来る努力をするべきよ」

「今に始まったことじゃない。連中は給料分の働きしかしないものさ」

「あなたが診に行ったのは、それもあってのことなの?」コナーの子供時代の話を思い出し、ルーシーは言った。今も彼が母親に捨てられたとは信じられない。彼が過ごした子供時代を想像するのも耐えられなかった。母親に愛されていないと知りながら育つなんて。イジーの人生にかかわると決めたのも不思議はないわ。そう思うと胸が痛んだ。

「容態を確認したかっただけだ」コナーは彼女の言葉をきっぱり否定した。

「そうね」ルーシーはつぶやいたが、それだけではないと思った。けれど二人の間にある程度の距離をおきたいなら、少年のようすを見に行った理由がわかるなどと思うのは間違いだろう。彼の事情に安易に立ち入るのはよくない。

不安に襲われ、ルーシーはあわてて玄関のドアを開けた。「イジーと遊んでくれてありがとう。すごく楽しそうだったわ」

「どういたしまして」コナーは身をかがめてイジーの頬にキスをし、それからルーシーを見た。「君にとっては居心地が悪かっただろうけれど、今日イジーと一緒に過ごさせてもらえてうれしかった。君さえよければ、次の週末もそうさせてほしいんだが」

「ほかに選択肢はないんでしょう」ルーシーが辛辣(しんらつ)に言い、彼はため息をついた。

「君がこの状況を気に入らないのはわかっている。でも、お互い礼儀正しくふるまうことはできるだろう。これから十八年間口論ばかりしていたら、ひどい負担になってしまうぞ」

「それだけ長い間、あなたがイジーに関心を持ちつづけていられればね」コナーに説教されたのが不満で、ルーシーは言い返した。

彼はかぶりを振った。「何度言えばいいんだい？　僕はそれだけ長い目で考えているんだから、早く受け入れたほうがいい。君もイジーも、これから何度でも僕の顔を見ることになるんだからね」

ルーシーがなにか言う前にコナーは背を向け、立ち去った。彼女はため息をついた。彼が赤ん坊に関心を持ちつづけるのは間違いない。なぜこんなに彼を疑ってしまうのか、ルーシーは我ながら不思議だった。過去のせいで過剰に反応しているの？

そのとおりだ。ルーシーはコナーに不公平な態度をとっているという思いにうろたえた。たしかに、コナーは一度も自分の夢を隠さなかった。いつか去っていくことはわかっていたのだから、そのことで彼を責める権利がある？　ここは性急に判断せず、今のところは彼が本気でいるということを認めるべきだろう。

コナーを呼び戻そうと玄関を出たとき、叫び声がしてルーシーは振り返った。川から男性が駆けてくる。ひどく取り乱しているようだ。コナーも叫び声を聞いて、すぐさまそちらへ駆け寄った。二人は短く言葉を交わし、男性はまた急いで戻っていった。

「なにがあったの？」急いで道を渡ってきたコナーに、彼女はきいた。

「子供を乗せた手こぎボートが川に流されているらしい。レスキュー隊に電話をして事情を話してくれるか？　僕はなにかできることがないか見に行く」

「わかったわ！」

ルーシーは部屋に駆けこみ、レスキュー隊に連絡した。すぐに派遣しますという答えを聞いてから、イジーを乳母車に乗せ、川へ向かう。ボートは川の中州の一つに乗りあげていた。船首は泥にうまっているように見えたが、船尾は流れの中で右へ左へと激しく揺れている。ボートには数人の子供が乗っていて、ルーシーは暗い気持ちになった。

「できるだけ早く助け出さなければ」コナーが厳しい声で言いながら近づいてきた。「ボートが下流に流されたら一巻の終わりだ」

「レスキュー隊はすぐに来るわ」ルーシーは言った。

「ここへ来るのに十分はかかるだろう。間に合わないかもしれない。彼らに引き継ぐためには、ボートが流されないようにしておかなければ」

「土手のずっと向こうに救命胴衣が置いてあるわ」

ルーシーは右手を指して言った。「役に立つ?」

「かもしれない」

コナーは危険を知らせた男性の方へ向き直り、そのことを知らせた。男性はすぐさま救命胴衣を取りに走った。ほかの人々も集まってきた。レスキュー隊に連絡したかと尋ねる人に、コナーはうなずいた。

「今、来るところだ。道路へ出て迎えてくれるか? 彼らが到着したら、一秒たりとも無駄にできない」

女性の一人が道路へ出た。救命胴衣を手に戻ってきた男性は、それをただちにコナーに渡した。誰もが彼をリーダーとみなしているようだったが、ルーシーは驚かなかった。彼はつねに自信に満ちていて、人々に頼りにされていた。

あれほどもの怖じしないのは生い立ちのせい? 気がつくと、彼女はそう思っていた。誰の手にもからずに育ったと言っていたから、自分を頼りにするしかなかったのだろう。人々はその内面の強さを感じ取っているに違いない。けれど半面、コナーは他人を必要としていない。彼が変わるとすれば、恋に落ちたときだろう。彼とディーの噂が本当だとすれば、すでにそうなっているのかもしれないと考えてルーシーは動揺した。

「うまくいくわけがない！　子供たちはおびえていて、ボートを捨てて救命胴衣をつかむことなんてできないだろう」誰かが言った。

コナーは苦労して反論したいのを抑えつけた。努力とは裏腹に、まだ子供たちには手が届かず、事態は深刻なものになっていた。船首はしだいに川にさらわれはじめ、流されるのは時間の問題だ。危険が迫っていた。コナーはすばやく判断を下した。

「僕が泳いでボートのところへ行き、ロープで中州に生えている木に縛りつける」彼は土手に固まっている人々に向かって言った。「運がよければ、子供たちを中州に降ろし、救助が来るまでそこにいさせることができるだろう。だが、手伝ってくれる人が必要だ」

数人の男性がすぐに前へ出た。コナーは彼らを集め、指示を出した。

「君たちは並んで、鎖のように前にいる人をかかえてほしい。鎖のいちばん後ろの人はロープで体をどこかにつなぎとめて、碇の役目をするんだ」

全員が指示をのみこんだのを見て、コナーは靴とトレーナーを脱いだ。むき出しの胸をたたく雨に身震いする。また土砂降りになりそうだ。暗い気持ちになった彼が振り向くと、ルーシーがそばにいた。

「レスキュー隊が来るまで待てないの？」

「そんな余裕はない」コナーは言った。ルーシーの不安そうな目を見たときに体じゅうに温かいものが満ちたが、彼は無視した。「ボートが流されたら、子供たちは川にのまれてしまう。そうなれば助かる見込みはかなり少なくなるだろう？」

「ええ……」

ルーシーがかすかに身震いした。子供たちの危険を心配してか、それともコナーの身を案じてのことなのかはわからなかったが、彼にいつまでも考えている余裕はなかった。今は頭をはっきりさせ、ほかのことにわずらわされないようにしなければ。

コナーはルーシーを土手に残したまま水際へ向かった。男性の一人が救命胴衣をつけるのを手伝ってくれたあと、人々が持ち場につく。水に入ったとたん、コナーは流れに足を取られそうになった。数歩歩いただけでまた足元をすくわれたが、それを予期していた彼は逆らおうとしなかった。

コナーは川の真ん中をめがけて泳ぎだし、流れに乗ってボートに近づいた。泳ぎは得意だったが、救命胴衣を浮き代わりにしていても前へ進むのはむずかしく、ようやく船尾に手をかけたと思ったら流されてしまった。ボートには四人の子供がいて、恐怖におびえていた。彼らの泣き叫ぶ声に負けないように、コナーは声を張りあげなくてはならなかった。

「そのまま座っているんだ！　立てばボートが引っくり返るぞ。ボートを木にくくりつけてから、中州に降ろしてやる」

ボートのへりにしがみついてなんとか船首へ向かったコナーは、泥に足を取られながらも中州へ上がった。次は救命胴衣からロープをはずし、船にくくりつける。それをしっかりとそばの木に縛りつけたとき、ボートが動いた。流されたボートが勢いよく揺れ、子供たちは恐怖に悲鳴をあげた。

「立つな！」一人の少女が立つのを見て、コナーは叫んだ。ボートがまた揺れ、流れに翻弄(ほんろう)される。次の瞬間、少女は水の中に落ちた。

コナーはためらうことなくふたたび川に飛びこみ、少女の方へ泳いでいった。彼は最後の力を振り絞って、すでにボートから数メートル流されている少女が水にのみこまれる前に手を伸ばした。なんとかその腕を取って水面に引っぱりあげたが、中州まで泳いでいくだけの力は残っていなかった。沈まないように努力している間にも波が顔に押し寄せ、水をがぶりと飲んで咳きこんだ。そのときうなるような音が近づいてきたかと思うと、救命ボートがすぐそばに現れた。

　コナーはレスキュー隊員が投げた救命浮き輪をつかみ、岸まで引っぱってもらった。たくさんの人が手を差し伸べ、二人を水から上げる。コナーはしばらく草の上に横になり、大きく息を吸ってから無理やり立ちあがった。少女のそばで膝をついているルーシーのところへ急ぐ。

「どうだ？」

「息をしていないし、脈もないわ」

「心肺蘇生術を行おう。僕が心臓マッサージをするから、人工呼吸をしてくれるか？」

　コナーがひざまずき、ルーシーは少女の頭のそばに移動した。気道をふさぐものがないか確認し、四回息を吹きこんでから、ふたたび脈をはかる。ルーシーは首を振った。「まだ脈がないわ」

「わかった」

　彼は右手を子供の胸にあて、やさしく五回圧迫した。その手がとまると、すかさずルーシーが空気を送る。子供の蘇生術は、大人に施されるときとは少し異なる。人工呼吸と心臓マッサージは少し速く、力は加減して行われなければならない。けれどコナーもルーシーも何度となく経験があったので、すぐに正しいリズムをつかんだ。ふいに少女が咳きこみ、コナーはルーシーに笑いかけた。

「うまくいったぞ。僕たちはすばらしいチームだと思わないか、ルーシー？」

「そのようね」コナーの言葉になるべく気持ちを表さないようにしていたルーシーだったが、本当は心から感動していた。

　レスキュー隊員から救急車が来たと告げられ、彼女はほっとして顔を上げた。数分後、救急救命士が現れ、彼女は子供をストレッチャーにのせるのを手伝った。救急救命士は少女の口と鼻に酸素マスクをかぶせ、低体温症にならないために保温用毛布でくるんだ。真夏でも川の水はとても冷たく、少女の体温は水につかっている間に劇的に低下しているに違いないからだ。警察に事情を話しているコナーを見て、ルーシーは顔を曇らせた。彼の体温も同じように低くなっているはずだ。

「毛布を一枚くれませんか?」ルーシーは救急救命士に言った。残りの子供たちも今では岸に上げられ、二台目の救急車に乗ってきた救急救命士が手当てをしているところだった。自分の役目は終わったように思えたので、イザベルを見ていてくれた人にお礼を言って、彼女はコナーのそばへ行った。

「これを使って」毛布を渡した。

「ありがとう」コナーは毛布を体に巻きつけ、身震いした。「クリスマスカードを出すリストのいちばん上は君にするよ」

ほほえむコナーから、ルーシーは顔をそむけた。意味があると思うのはばかげているわ。私と永遠に人生をともにするチャンスがあったのに、コナーはそうしなかった。今さら彼が考えを変えるとは思えないし、もちろんそうしてほしいとも思わない。

ルーシーは顔を真っ赤にし、きびすを返して土手の小道を急いだ。コナーは彼女を追ったが、人々に言葉をかけられて何度か足をとめた。そのたびに彼は肩をすくめて賛辞をやり過ごしたけれど、ほめられて当然だとルーシーは思った。彼は命を危険にさらして子供たちを助けたのだから、その勇気はじゅうぶんたたえられてしかるべきだ。

道路に出たところで、自分もなにか言わなくてはと足をとめた。「あなたはとても勇敢だったわ」

「どちらかというと、本能に突き動かされた感じだけどね」

「本能以上よ」ルーシーは断固として言った。「あの子たちのために命を危険にさらしたのよ。本物の勇気だわ」

「それほどのことじゃないが、とにかくありがとう。とくに今の僕たちの関係は最高の状態というわけじゃないから、その言葉はうれしいよ」

「あなたに少しつらくあたりすぎたかもね」ルーシーは認めた。「イジーのことが心配で、つい」

「わかっている。君の気持ちはよくわかるよ、ルーシー、心から」

コナーはルーシーの頬にそっと触れた。指は冷たく、彼女は身震いした。触れ合いを長引かせないように一歩下がる。ばかげているとは思ったものの、許せるのはここまでだった。ふたたび彼に魅了されるわけにはいかない。

「濡れた服を脱がなくちゃね」ルーシーはあわてて話題を変えた。二度とコナーの魅力の虜にはならない、と自分に言い聞かせる。つらい経験から学んだし、今も彼を愛しているけれど、またしても心を粉々にする危険を冒すほど愚かではない。

「泥のにおいも落としたいね。ひどいにおいだ」

「私の家でシャワーを浴びる？」ルーシーは言った。この状況なら誰でもそう申し出るだろう。

「ありがとう。そうしたいのは山々だが、溺れた子を診なくては。かなり回復しているようだが、まだ安心はできない。水が肺から血液に入っていたら問題だ。肺粘膜も傷ついているかもしれないから、検査をしなくては」

「仕事に戻るつもり？」ルーシーは声を張りあげた。「その必要があるの？　今週末はマーティンの担当だし、あなたがいなくても検査はできるわ」

「マーティンが有能なのはわかっている」コナーはそっけなく言った。「しかし、こういう状況を扱った経験はないだろう。僕が担当したほうがいい」

「わかったわ」一度こうと決めた彼をとめても無駄

だとわかって、ルーシーは言った。けれど、川で命がけの救助活動をしたあとでもコナーが病院に行こうとしている事実は、彼には仕事以上に優先させるものがある、と考えるのがいかにばかげているかを証明しているように思えた。その中に娘を含めても。

　その考えにひどく動揺していることに気づいて、ルーシーは驚いた。最大の不安が裏づけられたことで、心がなぐさめられてもいいはずだった。けれど、コナーがもとの彼に戻ってしまったのが悲しかった。彼のあとを追って道を渡りながら、これほど自らを酷使する人生とはなんとむなしいものだろう、と思った。仕事よりも大事なものがあることを知れば、彼ももっと幸せになれるのでは？

　コナーは車のそばで足をとめた。「いろいろありがとう、ルーシー。こんなことになってしまったけれど、今日は人生でいちばん幸せな一日だった」

　彼の言葉には感情がこもっていて、不安な気持ちだったにもかかわらず、ルーシーは心を動かされた。

「イジーも喜んでいたわ」

「本当に？」

「ええ。私にはわかるの」彼女は短く息を吸った。嘘をついてもしかたない。「あんなにすぐ誰かになつくなんて、めったにないことだから」

「たぶん、僕に特別なつながりを感じたんだろう」コナーはかすれた声で言った。

　ルーシーは肯定も否定もせずに肩をすくめた。彼とイジーには特別なつながりがあるのかもしれないけれど、彼が本気でかかわろうとしない限り、それも長くは続かないだろう。そして今は、あらゆることが彼には無理だと示している。

　コナーは車に乗り、窓を開けた。「明日、病院で」

「ええ。八時には出勤するわ」

「わかった。じゃあ、そのときに」

　コナーはさっとほほえんでから車を出した。ルーシーはイザベルを連れて家に帰った。赤ん坊はうとうとしていたので、乳母車に乗せたままおやつを作る。ある意味、今日は思っていたよりも悪くない一日だった。コナーは心からイジーをかわいがっているようだった。けれど仕事か娘かを選ばなければならなくなったとき、彼が娘を第一に考えるかどうかはわからない。

子供が小さいうちはいいけれど、大きくなったらどうだろう？　父親がいつでも仕事を優先し、自分をないがしろにしていたら、どんな気持ちになるだろう？　イジーの正式な父親になりたければ、都合のいいときだけでなく、いつでもどんなときでも子供を優先してもらわなければ。

ルーシーは背筋を伸ばした。つき合っているころは自分よりも仕事を優先されるのに甘んじていた。でも、娘を同じ目にあわせるわけにはいかないわ！

8

「両親は彼女がいつからこの状態だと言っている？　だいたいの時間がわかれば助かるんだが」

月曜日は朝から大変だった。コナーは出勤したとたん救急医療科に呼び出され、エイミー・マーシャルという十二歳の女の子を診ることになった。彼女は寝室で意識不明になっているのを発見された。知らせを受けた救急救命士は、ベッドのそばに消臭スプレーの缶が転がっているのを見て、少女がその高圧ガスを吸ったと推測していた。

「両親は来ていません」救急医療科の若い研修医が説明した。「救急車を呼んだのは子守りをしているホームステイ中の留学生で、ここにも彼女が来ています」

「それで、彼女は子供がどれくらい意識不明だったのかわからないのか？」コナーは少女のまぶたを押しあげ、光に反応するかどうかを診た。

「わかりません」若い医師はコナーに向かって肩をすくめた。「英語があまり話せないので、子供の名前と年齢以外にほとんど情報が得られないんです」

「そんな相手に娘を任せていたのか？」

コナーはいらだちを隠すのに苦労しながら、エイミーの目に光をあてた。小児科で働いて長いが、今もこういう無責任な親がいるのが信じられない。

「両方の瞳孔（どうこう）は同じように光に反応している。ありがたい」彼は少女の顎を傾け、鼻孔にも光をあてて調べた。「鼻粘膜のびらんが見られないということは、常習的にガスを吸引していたわけではなさそうだ」口を開け、喉を調べる。ここもなにも見られない。とはいえ、中毒にならなくても大きな害を受けることはある。ときには、有害な高圧ガスを一度吸っただけで心臓がとまる場合さえあるのだ。

「どうしてこんな子供が、と思いますね」若い研修医が悲しげに言った。「とりわけこの子のように、欲しいものはなんでも手に入るような子供が、です。救急救命士に聞いた住所は、町一番の高級住宅地のものでした。本物の金持ちでなくては住めない場所ですよ」

「周囲からの期待が大きすぎて重荷だったのかもしれないし、単に悪いことをしてスリルを楽しみたかったのかもしれない。いくら金があってもね」

コナーはエイミーの反射運動を確認した。予想していたよりわずかにいい反応を見せたことにほっとする。消臭剤やヘアスプレーのような家庭によくあるエアゾールの高圧ガスを吸いこむと、中枢神経に深刻な損傷を受けかねない。

彼はカルテに記入し、酸素飽和度を確認した。搬送されたときからだいぶ回復している。高圧ガスの吸引は麻酔に似た効果を生じさせ、身体機能を低下させる。一定量の気体を直接肺に入れると、窒息死につながるのだ。中毒になると心不全を引き起こすこともあるので、今回エイミーは運がよかったと言える。だが、長期的な危険も無視することはできなかった。乱用を繰り返すと腎臓と肝臓を傷つけるため、検査が終わるまでは入院の必要があった。

「この子は小児科に入院させる」コナーは若い医師に言った。「子守りはまだいるか？　子供の病歴をききたい」

「外で待っていますが、大したことはわからないと思いますよ」若者は肩をすくめた。「話せるのは〝はい〟と〝いいえ〟くらいのものですから」

コナーはため息をついた。「彼女の国籍はわからないんだろうな」

「看護師によればポーランド人らしいとか」

「じゃあ、ポーランド語を話せる職員はいるか？」

「わかりません」若者は快活に答えた。「ほとんど救急医療科を出たことがないので、ほかにどんな職員がいるのか知らないんです」

コナーはともかく彼に礼を言い、子守りをさがしに行った。彼女はすっかり取り乱していて、言葉はほとんど支離滅裂だった。エイミーが小児病棟に入院することをコナーはできるだけ明確に説明したが、気の毒な女性に話が通じているかどうかはあやしかった。二階へ戻りながら、どうすれば会話ができるだろうかと考える。少女の両親になにがあったのかを知らせる必要があるが、なにをしてほしいかを子守りにわからせなければ、両親とは連絡がとれないのだ。

サンドラを手伝ってベッドの用意をしているルーシーを見つけ、コナーは彼女を脇へ引っぱっていった。そうする一方で、前日の出来事を思い出していた。イザベルといたときもとても楽しかったが、なによりうれしかったのはルーシーとの関係に突破口を見いだしたような気がしたことだ。川で力を合わせて子供の命を救ってから、ルーシーにははるかに近づきやすくなった。あの出来事が二人の関係を修復するきっかけになってくれるといいのだが。

「救急医療科からまわってくる患者に問題がある」頭に浮かぶ思いを打ち消して、コナーは説明した。個人的な問題に仕事のじゃまをされるのは自分らしくなかったが、その二つを分けるのがだんだんとむずかしくなっている。コナーはため息をついた。かつては私生活すらなかったし、ましてやそれにわずらわされることもなかった。僕の人生は変わってしまった、とまたしても思い知らされた。

「どんな問題？」

「典型的な高圧ガスの吸引と思われるんだが、どうしても病歴が知りたいんだ。だが、一緒に来ている子守りはほとんど英語が話せない」

「両親は？」ルーシーは眉をひそめた。「親にきくのが普通じゃない？」

「連絡がとれればそうするさ」彼は肩をすくめた。「彼らがどこにいるのかは誰も知らない。それを子守りにきかなくてはならないんだ。看護師によれば彼女はポーランド人らしいんだが、病院にポーランド語を話せる職員はいるだろうか？」

「わからないわ。この数カ月でいろいろと変わってしまって、ついていけないの。サンドラならわかるかも」ルーシーはサンドラを呼んだ。「ポーランド語を話せる職員はいる？　通訳が必要なの」

「それならディーよ。母親がポーランド人だからわかるはずだわ」サンドラは言いながらコナーを妙な目で見た。知っているくせにと言わんばかりに。

「ありがとう。ディーに電話して、力になってくれるかどうかきいてみる」ルーシーに向き直ったコナーは、彼女の目に傷ついた表情を見てとり、すぐさま言い訳したい気持ちに襲われた。明らかに、ルーシーはディーと僕のばかげた噂（うわさ）を信じているようだ。そのことで二人の間に問題を引き起こしたくはない。けれど、サンドラがいてはなにも言えなかった。

「エイミーを小児科に移しておいてくれるか？　両親と話をして、許可が得られしだい、彼女がどれほどの被害を受けているか検査する」

「わかりました」

　ルーシーは冷たい笑みを浮かべてベッドの支度に戻り、コナーはひそかにうめいた。この状況が長く続けば続くほど問題は大きくなりそうで、ひどく歯がゆかった。ほかの女性に興味はないと、ルーシーにわからせる必要がある。

　だしぬけにパニックに陥り、心臓が縮みあがったが、自分に嘘（うそ）をついてもしかたない。ともに人生を過ごしたいと思った女性はルーシーただ一人だ。それがボストンへ行った理由だったし、彼女の代わりはいないと自覚している理由でもあった。そう彼女に告げることができないのは皮肉だった。

　ルーシーはあの噂に傷ついているのかもしれない。けれど、まだ僕を思っていると考えるのは間違いだ。憎まれていると考えるのが自然だろう。おなかに子供を宿した彼女を残して立ち去ったのだから。当時はその事実を知らなかったが、だからといって変わりはないし、自分のしたことの言い訳にはならない。ルーシーがイザベルのことを話さなかったのはそれが原因だったのだろう。別れたがっているのが明らかな相手に話すはずがない。

　ふいにルーシーの立場から物事が見えてきた。そして、彼女の信頼を得るのにどれほど骨を折らなくてはならないかに気づいてぞっとした。今まで誤解させるようなことはしていないと言いつづけてきたが、まったく意味はなかった。僕は最悪のタイミングで彼女を捨てたのだ。これ以上かかわりたくないと言われても、責めることはできない。

「エイミーのご両親は携帯電話の番号を置いていったけれど、かけてもつながらないらしいの」

通訳を終えたディーに、ルーシーはうなずいた。今のところエイミー・マーシャルについては、喘息の持病があること以外ほとんどわかっていない。子守りのリディア・ゴディカはエイミーのかかりつけ医の名前や住所も知らなかった。まだ働きはじめて一週間だったのだ。けれどエイミーが喘息持ちだとわかったのは助かったし、コナーはその情報を喜ぶだろう。そのことを突きとめたディーは、さらに点数を稼いだわけだ。

「リディアはエイミーのご両親の職場を知っているのかしら？」大人げない考えを抑えつけながら、あわててルーシーは言った。ディーが病院に来てくれたのは親切心からだし、裏に隠れた動機があったとしても、私に責める権利はない。

「きいてみるわ」ディーは若い女性に向き直り、ルーシーの見ている前で短い会話を交わした。

「リディアが言うには、ご両親は工場を持っていて、そこでは電気機器を造っているそうよ」ディーが説明した。リディアがまたなにか言うのに耳を傾け、ため息をつく。「ほとんど家にはいないらしいわ」

「工場の名前や住所はわからない？」ルーシーがきいた。「人をやってご両親を見つけるか、連絡がつく電話番号がわかるかもしれないわ」

「確かめてみるわ」またも二人が会話を交わす。

「住所はわからないけれど、工場名は〈C&Jテクノロジー〉というそうよ。役に立ちそう？」

「ええ。番号案内できいてみるわ」ルーシーは子守りにほほえみかけた。「私の代わりにリディアにお礼を言ってくれる？　とても助かったって」

ディーは女性に礼を言い、立ちあがった。「もう行かなくちゃ」家族用の待合室を連れ立って出ながら、彼女はルーシーに言った。「美容院に予約を入れているから、遅れたくないの」

「今夜はどこへお出かけなの？」できるだけ親しげに、ルーシーは尋ねた。

「まだわからないの。あとのお楽しみというわけ。彼、どこへ行くか教えてくれないものだから、結局ファストフード店ってことになるかも。そうしたら高い美容院代もお金の無駄ね」

ディーが笑い、ルーシーも笑みを浮かべた。けれど、ディーとコナーが一緒に夜を過ごすのを想像するのは耐えがたかった。「一緒にいて楽しければ、それでいいんじゃない？」

「ええ、彼と一緒にいるのは楽しいわ。それは間違いないんだけど」ディーはせつなげに言った。

「けど？」ルーシーは先を促した。内心そんな質問をするべきではないとわかっていた。コナーとディーの仲は自分にはいっさい関係なくても、興味を引かれるのが人情だ。

「幸せな結末を迎えるには問題が山ほどあるの。もちろん、そこまでいければの話だけれど。今はまだわからなくて」

ディーはそれ以上のことを言わなかったので、どういう意味なのかはわからなかった。ディーが帰り、ルーシーは今の話に思いをめぐらせつつコナーのオフィスに戻った。ディーは、自分とコナーが幸せな結末に向かおうとしているとほのめかしていた。つまり、結婚を考えているということ？

そんな権利はないと知りながらも、ルーシーの胸は締めつけられた。私にはなにも約束しなかったのだから、コナーがどうしようとかまわないはずよ。ディーと結婚したければ自由にすればいい。けれど、そう考えると息ができなくなった。

一度はコナーと結婚する夢を見たけれど、私が愚かだった。結婚したいと思うほど私は大切に思われていなかった。だから、彼はボストンに行ったのだ。私はただ、彼が生涯をともにする女性に出会うまでの間に合わせだったのよ。コナーとディーには問題があるのかもしれないけれど、彼はそれを乗り越えられると信じているんだわ。そうでなければ、一緒にイギリスへ帰ろうなんてディーに言うはずがない。

ルーシーは憂鬱（ゆううつ）な気持ちになった。思いつく中でいちばん大きな問題といえば、娘のことしかない。自分のパートナーと前の恋人との間に子供がいることを快く思わない女性は多い。ディーはその事実を受け入れられずにいるのかもしれない。しかしディーの態度には、ルーシーがイザベルの母親だと知っているそぶりはなかった。ということは、コナーはまだ話していないのかもしれない。今夜、彼女を連れ出すのはそのためかも。すべての事実を話すため。

正直言って、ルーシーはどうすればいいのかわからなかった。けれど、なにより避けたいのはディーの口から他人に知れることだった。人に噂されるのは耐えられない。だからディーが人に話さないよう、コナーに釘（くぎ）を刺しておかなければ。いつかは知られることかもしれないけれど、今はまだ早い。もうしばらくはプライバシーを守りたい。たとえ将来このことが知れ渡ったときに、さらに悪い事態になるとしても。けれどコナーとディーの結婚前にばれたりしたら、どんな騒ぎになるだろう？

ルーシーは力なくため息をついた。どう考えても、このままだと全員がひどく傷つくことになりそうだ。

ルーシーは番号案内でようやく工場の電話番号を知り、エイミーの両親に電話をした。受付係は彼女の要件を聞いたあと、ミセス・マーシャルのオフィスに取りついでくれた。相手がどれほどのショックを受けるかは想像がついていたので、ルーシーはできるだけ穏やかに知らせた。けれど、ミセス・マーシャルの反応は予想と違っていた。ひどく寒々とした会話を終えて受話器を置いたルーシーは、とまどいを隠せなかった。

「どうしたんだ？　イジーになにかあったのか？」

彼女は顔を上げた。コナーは電話をしている間に部屋に入ってきたようだ。「いいえ、イジーは心配ないわ。エイミー・マーシャルの母親と話していたの。番号案内で職場の電話番号がわかったから」

「それを聞いてほっとしたよ。で、母親はなんと言っている？」彼は机の端に座って眉をひそめた。

「ミセス・マーシャルは、娘が高圧ガスを吸引していたのを知っていたのか？」

「わからないわ。エイミーがスプレー缶の高圧ガスを吸いこんで病院に運ばれたと説明したけれど、そこまでしかできなかった。ミセス・マーシャルが途中でさえぎって、エイミーは無事かときいてきたのよ。容態は安定していると言ったら、それなら忙しいので行けないと言われたの。そのために子守りを雇っているんだからって。かかりつけ医の名前も聞けないうちに、電話を切られてしまったわ」

「本当か？」コナーの眉間のしわが深くなった。

「それですむことじゃないだろう。いくら忙しくたって、そんなふうに責任を投げ出すなんて。電話番号は？　直接話がしたい」

「これよ」

ルーシーは電話番号を渡し、コナーが電話をかけるのを待った。受付係は今回、ミセス・マーシャルのオフィスに取りつぐのを拒否した。〝仕事のじゃまをするわけにいかない〟というのだ。コナーは、〝それではミスター・マーシャルと話がしたい〟と言ったが、返事は〝ミスター・マーシャルのおじゃまもできません〟だった。電話を切ったコナーはかんかんに怒っていた。ルーシーも同じ気持ちだった。

「どうすればいいかしら？」

「福祉事務所に連絡して意見を聞いてみよう。とんでもない状況だから、弁解の余地はない」

「でも、福祉事務所になにができるの？」鋭い目を向けたコナーに、ルーシーはため息をついた。「あなたの気持ちはわかるわ、コナー。でも、ご両親はなにも悪いことはしていないのよ。エイミーの面倒を見る人を雇っているのだから、法律的には育児放棄にはあたらない。それにもし彼らが家にいたとしても、事態は防げなかったでしょう」

「面倒を見る人間を雇うのはいいが、だからといって娘に対して責任がある立場は変わらないだろう」

「ええ、そうよ。でも、ご両親はするべきことはすべてしているわ。子守りがエイミーを見ている以上、育児放棄の疑いはかけられないわよ」

「子供の面倒をきちんと見るには、他人に金を払って子守りをさせるだけじゃ足りないだろう！」コナーはどなり声で言い放ち、立ちあがって窓の方へと向かった。

彼がどんなに怒っているか、ルーシーにはわかった。これほどまでに感情をあらわにするとは驚きだ。今までのコナーは冷静そのもので、どんな患者も同じように職業的な距離をおいて診ていたのに。どれほど悲惨な状態でもだ。なにが彼を変えたの？　自分に子供がいるということが、彼の感情の扉を開けたの？　イジーに愛することを教えられたの？

そう考えたとき、ルーシーはふいに喜びに満たされた。コナーにこれほど深い感情があるとしたら、イジーを傷つける心配はないかもしれない。娘のためになにがいちばんいいか、それだけを考えてくれるだろうから。そして将来、娘にとっていちばんいいことをしてくれるかもしれない……。

「おじゃまをして悪いんだけど、ちょっと聞いてもらいたいことがあるの……」

　聞き覚えのある声にもの思いを破られ、ルーシーは振り向いた。ディーがドアのところに立って、こちらを見ている。ルーシーはたちまち現実に引き戻された。幸福の絶頂から絶望のどん底に突き落とされ、震えながら立ちあがる。コナーも今では人を愛することを知ったのかもしれない。たしかに、感情の扉を開く鍵となったのは娘かもしれない。けれど、その恩恵を受けるのは私ではなくディーだ。彼が生涯をともに過ごそうとしているのはディー。彼が愛する女性はディー。私ではないのよ。

9

「駐車したときには水の気配もなかったのよ。母が卒倒しちゃうわ。あの車を買ってから長いけれど、一度も事故を起こしたことがないの。なのに、初めて私が乗ったらこんなことになるなんて！」

「君のせいじゃないよ、ディー。駐車場が水びたしになるなんてわかるはずがないんだから」

　コナーはできるだけいつものように冷静に答えたが、容易なことではなかった。なにが起こっているのか知りたくて、ルーシーを見る。立ちあがった彼女はひどく青ざめていて、今にも倒れてしまいそうに見えた。

「母に電話しなくちゃ」ディーは顔をしかめた。

「大騒ぎしてごめんなさい。でも、あんまり驚いたものだから……」

「ここの電話を使ったら?」黙っていたルーシーがふいに口を開いた。コナーの見ている前でほほえみを浮かべたが、努力しているのがありありとわかる。

「お母さまは自動車保険に入っているでしょうから、車を牽引してもらえるかもしれないわ」

「どうしてそれに気づかなかったのかしら?」ディーは大声で言い、机に急いだ。

「それだけショックだったのよ」ルーシーはまたしても笑みを浮かべた。だが、さっきよりもこわばっている。ドアに向かおうとする彼女を、コナーは追った。大丈夫なのかどうか確かめたい。

「ルーシー、待ってくれ」急ぎ足で病棟に向かうルーシーに、彼はあわてて言った。

「悪いけど、これ以上時間を無駄にできないわ」ルーシーは足をとめずに振り返ったが、今もその顔は真っ青だった。「回診の準備をしなくちゃ」

「回診なんて冗談じゃない!」病棟のドアを開けようとする彼女に、コナーは手を伸ばした。「大丈夫か? ひどく顔色が悪い」

「平気よ。仕事をしなくちゃならないので、失礼させてもらえる――」ルーシーは鋭い目でコナーの手を見たが、彼は首を振った。

「君が大丈夫かどうか確かめないうちは、どこへも行かせない。気分が悪いなら、頼むからそう言ってくれ。気丈にふるまっても点数は稼げないぞ」

なぜかルーシーの顔色がさらに悪くなったように見えたが、自分の言葉のなにが悪かったのかコナーにはわからなかった。彼女は顎を突き出し、まっすぐにコナーの目を見た。そのまなざしの冷たさに、コナーはショックを受けた。知り合ってから、こんな目で見られたのは初めてだ。

「私は病気じゃないわ。仕事がしたいだけよ」

「なら、引きとめて悪かった」彼は一歩下がってルーシーを通した。

オフィスに戻りながら、コナーは彼女があれほど無表情だったわけを考えた。イギリスに帰ってから二人の関係がむずかしくなったのは確かだ。けれど、口論をしているときだってあんな目で見られたことはない。まるで僕には関心がないかのようだった。

気にするのはばかげているかもしれない。しかし、傷つかずにはいられなかった。ルーシーが僕のことをなんとも思っていないのは明らかだ。怒りすら抱いていない。コナーの心の痛みが大きくふくれあがった。あんな無関心な目で見られるくらいなら、憎まれたほうがはるかにましだ！

ルーシーはその日をどうやって過ごしたのかわからなかった。気がつくと、つい思い返してしまう。コナーは私を愛していなかった。二人がつき合っているときには、愛情を知らなかったのだから。けれど娘が人生に加わって、すべてが一変した。しかしその恩恵に浴するのは別の女性だという事実に、なにより打ちのめされていた。

ルーシーは記録的な速さで引き継ぎをすませ、すばやくビーに挨拶した。託児所に人はあまりおらず、イザベルをすぐに引き取ることができた。病院の出口まで来てドアを開け、彼女は足をとめた。前庭が足首までつかるほどの水に沈んでいる。車に乗るには濡れるのを覚悟しなければならない。ルーシーは歯を食いしばり、足を踏み出した。これだけいろいろなことがあった一日なんだから、足が濡れるくらいどうってことないわ！

前庭を半分ほど横切ったところで、水のせいで見えなかった小石につまずいた。横ざまに倒れそうになり、ルーシーは悲鳴をあげた。

「危ない！」突然コナーが現れ、彼の手がしっかりとルーシーの腕を支える。コナーはまっすぐルーシーを立たせ、イザベルを受け取った。「僕が連れていくよ。子供を抱いて水の中を歩くのは大変だ」

「ありがとう」ルーシーは逆らわなかったが、コナーとは二度と口をききたくなかった。それでも、また足をすべらせるよりは彼の手を借りたほうが安心だろう。駐車場に着き、車が水につかっていなかったのにほっとする。

「ひどいありさまだな」コナーは彼女の車のそばで足をとめた。ルーシーがドアロックを解除する。

「そうね」バッグを助手席にほうりこみ、イザベルを受け取ろうと振り向いた。

「バイバイ、かわい子ちゃん」コナーは赤ん坊の頬にやさしくキスをした。

愚かにも涙がこみあげるのを感じながら、ルーシーはイザベルを受け取った。私は彼にあんなふうにキスをされたことがない。みじめな気持ちでイザベルのシートベルトを締める。あれほど親愛の情をこめて話しかけられたこともない。彼は娘を愛しているかもしれないけれど、私を愛してはいなかった。心は別の女性に捧げていて、今、彼がありったけの愛情を注いでいるのはディーだ。情熱に満ちた夜、愛に満ちた人生を彼と過ごすのはディー。そう思うと、とても耐えられない。

「どうした、ルーシー？　なにも問題ないと言っても信じないぞ。君は動揺している。そのわけが知りたいんだ」

彼の口調はとてもやさしく、気づかうようで、ルーシーはどうすればいいかわからなかった。用心しなければすべてを打ち明けてしまいそうだ。でも、そうするのはなにより避けたかった。彼の愛を手に入れることはできなくても、誇りはある。愛してほしいと頼むことなんてできない。そんなことをしてなにになるの？　コナーが私を愛していないと受け入れるのが早ければ早いほど、みんなが楽になれる。なによりイジーのためになる。

「動揺なんてしていないわ」ルーシーは後部座席のドアを閉め、無理をしてコナーを見た。「疲れているだけよ。子供の面倒を見ながら重労働をするのは楽じゃないの」

「それはそうだ。もっと早く考えておくべきだった」コナーの顔に悔やむような表情がよぎった。「君には休息が必要だ、ルーシー。今夜は僕がイジーを見て、君を一人にしてあげようか？　君の家で僕が子守りをしている間、外出したら――」

「いやよ！」激しい口調に驚くコナーの顔を見て、ルーシーはあわてて口調をやわらげた。「ありがたいけれど、それには及ばないわ。本当に必要ないの。家に帰ってお茶でも飲めば元気になるから」

「でも、僕も育児を分担するのが筋だろう。君一人が子育てを引き受けるのは不公平だ」

「不公平なんかじゃないわ」彼女はまた言った。コナーに今夜の予定を変えさせるなんて絶対にいやだ。

その予定がなにを意味しているかに気づいて、ルーシーの心は乱れた。彼がディーとロマンチックな一夜を楽しむところを想像したくない。けれどディーに私が子供の母親だと告げるつもりなら、それほどロマンチックにはならないのかもしれない。そう考えたルーシーは、ディーに口どめするようコナーに約束してもらうつもりだったのを思い出した。また言い争いになるのはいやだったけれど、重大なことだから先延ばしにはしておけない。

「ねえ、コナー、イジーのことでディーにどんな話をしたかは知らないけれど、イジーの父親があなただと彼女には口外してほしくないの。わかる？」

「僕はディーになにも話していない」コナーは唇をきつく結んだ。「噂好きな連中がなんと言おうと、ディーと僕はなんでもないんだ」

「そんなことはどうでもいいの」ルーシーは肩をすくめた。ディーと恋人同士でないと言い張るなら勝手にすればいい。けれど、二人の恋の犠牲者になるつもりはなかった。

「本当のことなんだ、ルーシー。なぜ信じてくれない?」コナーはいらだったように言った。

「あなたが本当だと言うならそうなんでしょう」

信じていないのがありありとわかる言葉に、コナーは小声で悪態をついた。「まるで煉瓦の壁に頭をぶつけているようだよ! 君はこうと決めたら決して考えを変えようとしない。僕とディーがつき合っていると思いこんで気が晴れるなら、そうすればいい。もう二度と君と話はしない。話しても無駄だ」

コナーは背を向け、立ち去った。ルーシーは彼が車に乗り、バックで駐車場から出て、彼女の方を見もせずに走り去るのを見送って力なくため息をついた。ディーとつき合っていると彼が認めれば、話はずっと簡単なのに。つき合っていることをなぜ否定するのかしら……。

本当のことを認めたら、私が動揺して仕返しをするとでも思っているの?

ルーシーは沈んだ気持ちで車に乗りこんだ。コナーが別の女性とつき合っているのを認めないのは、私がどう反応するかが心配だから? 嫉妬のあまり彼を恨んで、娘に会わせないようにするとでも思っている? そんなことができる人間だと思われているとしたらぞっとする。ルーシーは唇を引き結んでエンジンをかけた。彼を娘に近づけさせないとすれば、それは怒りのせいではなく、娘のためを思ってのことよ!

「いいぞ、アラン。もうすぐ退院できそうだ。熱は下がったし、なにもなければ月曜には帰れるぞ」

コナーはアランに笑顔を向け、マーティン・フェローズにカルテを手渡した。金曜の朝、定期回診は終わりに近づいていた。これまでのところ四人の子供を診察し、退院を許可した。その中には川から救出された少女と盲腸を摘出したベン・ロバーツもいた。ベンの感染症は抗生物質を増量したことで好転し、家に帰れるほどに回復した。その知らせを聞いて、ベンは大喜びした。しかしアランはあまりうれしそうではなかった。

「まだ具合が悪いんだ」アランは小声で言った。「頭が痛いし、目も変な感じ。よくならなかったら、施設に帰らなくてもいいんでしょう？」

「もちろんだ」コナーはやさしく言った。マーティンからふたたびカルテを受け取り、少年の経過記録を再確認したが、問題はなにもなかった。平熱で、血圧も正常。敗血症の兆候を示す発疹も見あたらない。アランはめざましい回復をとげていたし、その経過は喜ばしいものだった。退院を渋るのは養護施設に戻されたくない気持ちからだろう。悲しいことに、それに対してはなにもできない。「週末はようすを見よう。具合が悪くなったら必ず看護師に言うんだよ。今日、君を病棟に移すようアダムス看護師に言っておく。そこには仲間がたくさんいるよ」

まだ浮かない顔のアランを残して高度治療室を出たコナーは、ルーシーと彼について話し合っておこうとドアの外で立ちどまった。ほかの医師は病棟のキッチンにコーヒーを飲みに行ったし、ルーシーと二人きりになるのにはちょうどいい。とはいえ、彼女の態度からすると仕事の話しかしないつもりのようだ。

コナーはいらだちをできるだけ隠した。この一週間、彼女はひどくよそよそしかったが、あのばかげた噂に動揺しているせいとは思えなかった。ほかに彼女を怒らせるようなことをしたに違いない。だが、なにをしたのか見当もつかなかった。きっとささいなことに決まっている。僕が彼女と同じ空気を吸っているというだけで重罪なのだろう！

「アランから目を離さないでくれるかい？」怒りを心におさめ、彼はできるだけ穏やかに言った。「今は極めて容態はいいが、養護施設に戻されたくなくて再発するようなことになってほしくないんだ」

「わかりました。話はそれだけですか、マッケンジー先生？」

それだけじゃない、とコナーは言いたかった。君が僕を娘の父親でなく、犯罪者のように扱うわけを知りたい！　だが、そう口にしたところで事態がよくなることはないとわかっていた。

「それだけだ、ありがとう。君のほうの用意ができれば、アランはすぐにでも病棟に移せる」

「すぐに準備します」ルーシーは丁寧に言った。彼女が立ち去ろうとしたとき、コナーは今週末の約束を確認していなかったことに気づいた。あとまわしにするより、今のほうがいいだろう。彼女の態度が冷たくても、今は話ができている。時間がたったらどうなるかわからない。

「行く前に、ルーシー、日曜にまたイジーに会ってもいいかい？」振り向いた彼女を見てコナーは肩をすくめ、自分の考えが正しかったことに落ちこむまいとした。「前と同じ時間でいいかな？　もっと遅い時間のほうが楽だというならそうしてもいい」

「今週末は都合が悪いの。出かけるのよ」

「出かける？　だけど、僕が日曜にイジーに会うつもりなのは知っていただろう。予定を変えてくれるね？」

「悪いけど無理だわ。マーク・ドーソンの送別会でバーベキューをすることになっているの。前々から行くと言ってあるし……あなたが来るずっと前から。今さら断れないわ」

「断れとは言わないよ。ただ、天気がよくなるといいね。雨の中のバーベキューよりひどいものはないからな」

彼はルーシーに冷たい笑顔を向けてからキッチンへ行き、コーヒーをついでくれたアマンダに感謝をこめてうなずいた。さらに、トムが差し出したビスケットにまで手を出した。人と打ちとけられない、お堅い人間だとは思われたくない。彼らはまだ知らないが、僕も小さい子供のいる家庭人なんだ。昔はそんなふうに見られたいとは思わなかったけれど、人は変わるものだ。ルーシーに何度も言っているように、僕は変わった。

部屋を見まわしたコナーは、ルーシーが彼の視線に気づいたとたんにそっぽを向くのを見てため息をついた。ルーシーは僕が変わったことを信じていない。彼女は僕を、誠実な人間でもなければチームの一員としてすら見ていない。僕を嫌い、信用せず、もちろん愛してもいない。彼女にそんなふうに思われているのはつらい。

コナーはカップを口に運び、コーヒーを飲んだ。しかし、熱くて濃いコーヒーも心の痛みを癒してはくれない。彼はこれまでずっと実力を示すために努力してきたし、ある程度までは成功していた。懸命な努力は報われ、あと数年もすれば自分が立てた目標をすべて達成できるところまできた。

以前はそんな自分が誇らしかったものだが、今では大して意味のないことに思えてきた。人生観そのものが変わってしまい、優先順位はすっかり入れ替わっている。今では仕事における目標がどれほど大切だったのかも思い出せないほどだ。かつては成功にあこがれ、自分の能力を見せつけるチャンスが欲しくてたまらなかった。母親のように僕をとるに足りない存在だと思っていた連中に、間違いだと教えてやるために。

だが今では、仕事で成功するのがそれほど大事だとは思えない。もっと大事なことがあると気づいたのだ。これまで決してかかわってこなかった事柄が。以前は人にどう思われようとかまわなかったが、今では気になる。とくに、ある相手からどう思われているかが。彼女の気持ちはほかの誰よりも重要だ。

コナーはカップをテーブルに置いた。手が震え、残りのコーヒーをこぼしてしまいそうになったからだ。頭の中にはさまざまな考えが渦巻き、大混乱を引き起こしていた。やがて、ゆっくりと一つの思いが浮かびあがってきた。自分の人生を意義あるものにしてくれる思いが。僕はルーシーに信じてもらいたい。

できるだろうか？　うまくいくだろうか？　コナーにはわからなかった。それでも挑戦しなければ。そうしなければ、これまで築いてきたもの全部が、価値のないものになってしまう。

10

日曜の午後、マークとローラのドーソン夫妻の家をルーシーが訪ねたころには、すでにたくさんの人が集まっていた。幸い雨はやんでいて、予定どおりバーベキューが行われていた。彼女はローラにキスをし、手土産にパスタサラダの入ったボウルを渡した。

「ありがとう。でも、わざわざこんなことをしてくれなくてもよかったのに」ローラはとがめるように言ってボウルを受け取った。「赤ちゃんがいるのがどんなに大変かはわかっているんだから。ほとんど息つく間もないでしょう」

「大したことじゃないわ」ルーシーは安心させるよ

うに言って、イジーを乳母車から抱きあげた。ローラとは何年か一緒に働いていたけれど、彼女は三人目の子供を産むために退職した。家庭と仕事を両立させるのはむずかしいと知って、仕事を辞めたのだ。ルーシーはローラに笑いかけた。「それで、ご主人さまはどこにいるの?」

「マークのことを言っているなら、こういうときに男性がするべきことをしているわ。バーベキューの火の番よ」ローラは笑いながらイザベルの顎をくすぐった。「ほかの男性もみんな手伝っているから、女性陣は好きにしていていいというわけ。まずはワインでも飲んで、噂話に花を咲かせない?」

「いいわね」ルーシーはローラのあとからキッチンへ向かった。ローラはワインをついで渡し、ルーシーの手からイザベルを抱き取った。

「飲んでいる間は私に見させて。うちの三人は抱っこするには大きくなりすぎて、私が近づいただけで逃げ出しちゃうの」

ルーシーは笑った。「赤ちゃんが欲しければ、もう一人作ったら?」

「ええ、そうしたいところよ。マークにはまだ言ってないけど」

「なにを言ってないって?」深みのある声がした。

マークの声だと思って振り返ったルーシーは、その隣にいる男性を見て笑みを消した。「ここでなにをしているの?」うろたえた目でコナーを見る。

「マークから昨日電話があって、親切にも誘ってもらったんだ」コナーはすらすらと答えた。持っていたグラスをテーブルに置き、ローラの手からそっとイザベルを抱きあげると、頬にキスをする。

はっとしたような沈黙が流れ、ローラとマークの表情から二人がなにを考えているかがわかった。イザベルの父親がコナーだと、明らかに気づいたようだ。ルーシーはどうすればいいかわからなかった。

ようやく、いつも親切なローラが助け船を出してくれた。「せっかく噂話を楽しんでいたのに、あなたたちのせいでだいなしよ。行きましょう、ルーシー。この人たちはほうっておいて、静かなところでくつろぎましょう」

「イジーはどうすれば……」言いかけたルーシーに、コナーが首を振った。

「僕が見ているよ。楽しんでくるといい、ルーシー。たまには一息つかないと」

イザベルを彼に預けるのはどうしても気が進まなかったが、騒ぎを起こしたくなければほかに方法はなかった。心配で胸が悪くなりそうになりながら、ルーシーはローラのあとについて庭のあずまやへ向かった。ほかの客たちはぬかるんだ芝生を避けて中庭に集まっており、通りすがりにローラは手を振った。もちろん、彼女はあとでみんなと話をすることになる。そのときの話題の中心がなにになるかと考えると、ルーシーはますます気が重くなった。もうすぐ、みんながイジーの父親はコナーだと知ってしまう。そう思うと耐えられない。

「心配しないで」あずまやのドアを開け、ローラが諭すように言った。「あなたの秘密は私とマークの胸だけにとどめておくわ。なにも言わないから、心配するのはやめて。あなたとコナーの間で決めたことだもの、とやかく言うつもりはないから」

ルーシーはあずまやの椅子に崩れるように腰を下ろした。「二人で決めたんじゃないの。私が決めたのよ。彼がイジーの父親だと知られたくなかったの」

「あなたなりの理由があるのでしょうから、黙っている理由は詮索しないわ」ローラはルーシーの隣に腰を下ろし、彼女の手を軽くたたいた。「それでも、いつかは自然にわかることだと思わない？　だって、イジーを見ればコナーの子供だとわかるもの」

「そう思う？」ルーシーは唇を噛んだ。二人が似ていることに気づかれるなんて思ってもみなかった。

「ええ。髪の色も目の色も同じだし」ローラはやさしくほほえんだ。「子供を持つってすばらしいことね。ある意味、二人が一つになることだもの」

「二人がうまくいっていれば、すばらしいかもしれないけれど」ルーシーは涙をこらえてつぶやいた。「でも、子供の父親が自分になんの関心もないとすれば、話は別よ」

「コナーにそんなそぶりはなかったわ」ローラが反論した。「イジーを見る顔は輝いていたもの」

「ええ、イジーには関心があるの……少なくとも今はね。でも、私に興味がないのは確かよ」

「そのことに傷ついてるわけ？　だから彼がイジーの父親だと知られたくないの？」

「そうよ。哀れみの目で見られたくないもの！」

「哀れみ？」ローラはとまどったように繰り返した。

「コナーは大事な仕事のためにボストンへ行き、私を捨てたのよ。それこそが、彼の気持ちをいちばんよく表していると思わない？」

「発つとき、彼はあなたが妊娠していることを知っていたの？」ローラが眉をひそめてきいた。

「言ってもなんの意味もないと思ったから、言わなかったわ。彼がはっきり示したとおり、私は彼の将来設計には入っていなかった。だったら、なぜごたごたを起こさなくちゃならないの？」

「言わなかったの？」ルーシーの告白に、ローラは明らかにショックを受けたようだ。

ルーシーは顔を赤らめた。「ええ。彼は私が子供を産んだのを偶然知って、自分が父親だと察したの。イギリスに帰ってきて今の職についたのはそのためよ。本当はイジーに会いたかったからなの」

「でも、そこがコナーのいいところなんじゃない？　だって、面倒を避けようとする男性だっているでしょう。うまく逃げることができた、と普通は思うものよ。でも、コナーはどうやらそういう考えではなさそうだわ」

「彼はイジーの正式な父親になりたいと言っていたけれど、なれるかどうかわからないわ。つねに仕事に没頭している彼が、そのためにあの子をがっかりさせることになるのが怖いの」

「心配なのはそれだけ？」ローラがやさしくきいた。

「それだけじゃいけないの？」ルーシーは言い返した。ディーのことは話したくなくて、刺すような痛みを胸に感じた。コナーがほかの女性とつき合っているからイジーに会わせないような意地の悪い人間だと思われているなんて、今も信じられない。でも噂に対するコナーの奇妙な態度を、ほかにどう解釈すればいいの？

「あなたの言うとおりならそれでいいわ。でも、彼が子供をがっかりさせると決まっているの？　今の彼は、心から夢中になっているように見えるけど」

「ええ、彼はそんなことをしないと誓ったわ。でも、そうすると大きな危険を冒すことにならない、ローラ？　イジーの幸せを犠牲にしてまで、確かめる気にはなれないわ」

「でも、彼をイジーと会わせないのは正しいことかしら？　イジーが大きくなったとき、コナーがそばにいなかったらきっと寂しがるわ。マークのおかげでロビーの人生が大きく変わったから、私にはわかるの」ローラは最初の結婚で生まれたダウン症候群の息子を引き合いに出して言った。「ロビーはマークを慕っているし、私たちが結婚してから本当に明るくなったの。そして今は弟と妹もできて……言うことなしよ。父親がいることでロビーの人生ががらりと変わったことを思えば、コナーがそばにいたいというのはイジーにとっていいことでしかないんじゃない？」

「そのとおりかもしれないけれど、不安にならずにはいられないの」ルーシーは打ち明けた。

「それはそうよ！　親になるというのは大きな献身を意味するし、コナーがそのことをわかっているかどうか知りたいんでしょう？　マークに結婚を申しこまれたとき、私も同じことを思ったわ。自分がかかえこんだものを後悔してほしくなかったから。でも、そんな心配はいらなかった」ローラは庭の方を見て、たちまち笑顔になった。「それにあの光景を見たら、心配することはないと思うわ」

振り返ったルーシーは、コナーが人の輪の中心にいるのを見てどきっとした。彼はイザベルを抱いていて、ルーシーが見ている間にもその頭にキスをしていた。子供にとてもやさしく接する彼を見て、ルーシーの頬に涙が流れた。

コナーが自分の娘を心から愛しているのは間違いない。なのに、勝手な都合で彼をイジーから遠ざける権利が私にあるの？　彼が私を愛することは決してないとしても、それは関係ない。彼が娘を愛していて、最大限の努力をしていると認めなければ、結局は二人を傷つけることになってしまうだろう。父親の愛と支えを拒んだために大きくなった娘に責められるなんて、考えるだけでも耐えられない。

イザベルを連れてコナーが姿を現したとき、みんなの顔に憶測するような表情が浮かぶのがわかった。けれど、彼らがなにを考えているかを気にしたりはしなかった。イザベルの父親だと気づかれたかもしれないが、否定する気はさらさらない。あたりを見まわすと、サンドラがすぐ隣で彼と赤ん坊を興味深そうに見比べていた。

「この子、信じられないほどあなたに似てるわ、コナー。髪の色も目の色もそっくりなのは偶然でしょうけど、不気味なくらいね」

「そういうこともあるさ」コナーはサンドラの疑問を肯定も否定もせず、あいまいに答えた。率直にきかれたら父親であることを否定するつもりはないが、ルーシーが望む限り、その話題は避けたかった。

あずまやの方を見た彼は、ルーシーがこちらへ歩いてくるのを見て胸がどきどきした。ルーシーは青ざめていたものの落ち着いていて、ローラとの会話でなにかを決意したのがわかった。そばに来た彼女が立ちどまり、訴えるような目をしているのを見て、コナーはますます血が騒いだ。今、彼女を傷つけないためならなんでもしただろう。

「少し話をさせてもらえる？」みんなに注目されているのを知ってか、ルーシーは小声で言った。

「もちろんだ。飲み物のお代わりはどうだい？」コナーはあわてて笑顔を作り、事を荒だてるつもりがないことを伝えた。けれど、ルーシーはひどくこわばった顔で家に向かった。

コナーは彼女のあとについてキッチンに入り、ドアを閉めた。人にどう思われようとかまわない。好きなように解釈すればいい。大事なのはルーシーと、二人の間にできた子供だけだ。母親と娘が安心できるなら、ほかのことなどどうでもいい。

太古の昔から男性はそういう思いを抱いてきたに違いないと気づいて、コナーは息をのんだ。愛する人を大切にしたいというのは、男性の本能だ。女性は育てる性かもしれないが、男性は守る性なのだ。啓示のように訪れた思いに、コナーは自分の本当の役割に気づいた。こういう考え方は平等ではないかもしれないし、男らしさを声高に言いたてているようにとられるかもしれないが、愛する女性とその子供を守るためなら命も惜しくない。

「ごめんなさい、コナー……私、あなたにひどい態度をとってしまったわ」

静かな言葉が頭に入ってくるまでしばらくかかっ

た。そのときのコナーはさまざまな思いと闘っていた。ずっと心の中にありながら、否定しつづけていたことをようやく認める気になっていた。僕はルーシーを愛している、と。

「君はいちばんいいと思ったことをしたんだよ」感情が高ぶるあまりうわずった声で、コナーは言った。

「そうかもしれないわ」唇を噛んだルーシーの目には、涙がたまっていた。「でもあんなふうにふるまったのは、あなたにもイジーにも不公平だった」

「君は最善をつくしたんだ、ルーシー」彼はもう一度言った。ルーシーの勇気にどうしようもないほど心を動かされていた。

　彼女もつらい思いをしているだろう。今も不安をかかえ、僕を信じられないでいるのだから。それでも、勇気を出して謝ったのだ。そのことには感服するほかない。そして、そんなところも愛している。こんなにすばらしい感情が僕の心の中にしまわれていたとは。

「私、努力したわ、コナー……本当にがんばったのよ」

「君はよくやっている」コナーはふいに耐えきれなくなった。守らなければならない彼女が、これ以上つらそうにしているのを見ていられない。やさしく傷つきやすいルーシーの心を苦しみから守りたい。彼女を失望させたくない。

　彼は二歩で部屋を横切り、ルーシーとイザベルをしっかりと抱き寄せた。二人の関係を修復させる方法がまだ残っているかもしれない以上、事を急いではいけなかった。冷静さを忘れてはいけない。姫をさらって城に連れ帰りたくても、相手は望まないかもしれない……。

　今はまだ。

　コナーは自分がこれほど衝動的になった理由がよくわからなかった。将来への期待かもしれないし、それよりもっと単純なことかもしれない。ルーシーのやわらかい体に触れたせいで、血が熱くたぎり、息が荒くなる。そして、体は明らかな反応を示していた。

彼はうめき、身をかがめてルーシーの唇にキスをした。それ以上のこともしたかったが、イザベルが自分の腕の中で安心しきっているのを考えてやめておいた。ルーシーの唇はやわらかく、わずかに濡れている。この日初めて涙を流したわけではないのだろうと思い、コナーは我を忘れそうになった。けれど、感情は抑えて彼女が望むことをしなければ。情熱に駆られるのはあとまわしだ。

するとルーシーがふいに手を伸ばしてキスを返してきた。彼から勇気をもらおうとするかのように、必死に唇を寄せてくる。コナーは自分の目にも涙がこみあげるのを感じた。彼女が欲しいものはすべて与えよう、なにもかも捧げようと思うと、大きな喜びに満たされた。僕のすべては彼女のものだ。心まででも。

ルーシーが体を離したとき、コナーは自分がどれほど感動したかを隠せなかった。隠そうともしなかった。「ありがとう」かすれた声で言った。感情が高ぶりすぎて、ささいな動作もままならない。

「あんなことをしておきながら、お礼を言われる理由がわからないわ」ルーシーがつぶやいた。

「君は僕にイジーをくれた」彼はルーシーの手を取り、やわらかなてのひらにキスをし、身を震わせて必死に先を続ける。「もう謝らないでくれ、ルーシー。お願いだ。その必要はないんだから」

「そうね。今は過去ではなく、先のことを考えるべきじゃない？」彼女は両手を広げ、イザベルを腕に抱き取ってほほえんだ。「こちらこそありがとう、コナー。いろいろと」

ルーシーがなにを言いたいのか、コナーは察した。

娘の面倒を見ただけでなく、娘を第一に考えたことに感謝しているのだ。ルーシーは僕の子供を産んでよかったと思っている。その考えに有頂天になりながら、コナーは彼女とともに庭に戻った。しかしみんなが目くばせし合うのを見て、口には出さないまでも薄々感づかれているのを悟った。

ルーシーの方を見ると、また緊張が戻ってきたようすだ。僕と同じことを考えているのだろう。天にものぼるような気持ちが急にうせ、コナーはため息をついた。めでたしめでたしとなるにはまだ早い。時機を待たなくてはならないが、誰にも目標の達成のじゃまはさせない。近い将来、僕はイジーとルーシーと一緒に暮らす。そして今度こそ、二人とも放しはしない!

パーティが終わったのは午後六時少し過ぎだった。その日に夜勤が入っている客も何人かいて、あわただしく帰り支度をしている。ルーシーは彼らを見送ってからイザベルを連れて家に入り、乳母車に乗せた。大興奮したあとで赤ん坊は疲れきっていて、ベルトを締めたころにはまぶたが重くなっていた。

「くたびれたようだね」そばに来たコナーが乳母車の横にかがみこんで言った。

「ええ。でも少なくとも、今夜はぐっすり眠ってくれそう」ルーシーは急に緊張が走るのを隠して、明るく言った。

コナーは午後の間もずっとルーシーのそばにいた。今では誰もが彼とイザベルの関係に気づいているはずだった。事実が知れれば、たくさんの噂が飛び交うに違いない。彼はその問題にどう対処するつもりなの? すべての答えはあのキスにありそうだけれど、どう解釈すればいいのかわからない。ただのなぐさめ? それともそれ以上の意味があるの? 不安な思いに、ルーシーは落ち着かない気持ちだった。

「ああ、ここにいたの。どこへ行ったかと思った」

振り返ると、ローラとマークがやってくるところだった。気づかうような二人の顔を見て、ルーシーは笑みを浮かべた。今日の出来事で彼らが自分たちを責めないように。

「そろそろ帰ろうと思っていたの。今日は招待してくれてありがとう」ルーシーはコナーを見て、もう仲たがいはしていないとドーソン夫妻ににおわせた。「本当に楽しかったわね」

「ああ、本当に……二人とも楽しませてもらったよ」コナーは立ちあがり、夫妻に笑いかけた。

友人たちのほっとした顔を見て、ルーシーは心苦しい気持ちになった。これからどんなことになるかローラが心配しているのは明らかだったし、彼女にそんな重荷を背負わせてしまったのを申し訳ないと思わずにいられなかった。ルーシーは一歩前に出て、ローラを抱きしめた。

「どんなことだって、試してみる価値はあるわ」ローラは彼女を見て、やさしく言った。

ルーシーはほほえんだが、ローラの言葉の意味はわかっていた。心のどこかでは友人の言葉を正しいと思っていたけれど、どんな結果になるかを恐れてもいた。あのキスが自分にとってなんの意味もなかったふりをすることはできない。でも、彼にとってはどんな意味があったというの？　別の女性とつき合っている彼にとって？

不安な気持ちにさいなまれながら、ルーシーは別れの挨拶を交わした。二人して家を出て、小道を歩く。道路に出たところで、コナーが足をとめた。

「しまった。まただ」

ルーシーは彼の言葉に空を見あげ、またしても雨が降りだしたのに気づいた。「いやだわ、また土砂降りになりそうじゃない！」大声で言い、かがんで乳母車の収納部分から雨用のカバーを出す。

「ずぶ濡れになってしまうよ」コナーは不安げに空を見あげた。「傘はないのか？」

「あるわ。でも、乳母車を押しながら傘をさすのは無理よ」雨用のカバーを取りつけながら、ルーシーは説明した。イザベルはぐっすり眠っていて、ルーシーがカバーを取りつけおわるまで身じろぎもしなかった。「急いで帰らなきゃ」彼女はコナーを見た。

「明日、病院で会いましょう」

「雨の中、歩いて家まで帰すわけにはいかない」コナーは頑として言い、乳母車の収納部分から傘を取り出した。傘を広げ、ルーシーに差しかける。「家まで送ってから自分の車に戻るよ」

「いいえ、いいのよ、そんなことしなくても」

「いいや、させてくれ」彼はふいに笑顔になった。緑の目が笑いにきらめくのを見て、ルーシーははっとした。こんなにやさしい目で見られたのは初めてだ。「ここで一晩じゅう議論をしていてもいいが、最後には僕が勝つよ、ルーシー。君が気に入ろうと気に入るまいと、紳士らしく家まで送っていく」

ルーシーはため息をついたが、それはただの見せかけだった。反対する気持ちはすっかり消えていた。やさしい目にまどわされるのはばかげているとわかっていても、あのキスのあとではどうしようもなかった。コナーは本当に私を気づかっているの？

「あなたがそうしたいなら」彼女は歩きはじめた。コナーへの思いにさいなまれながら、これ以上立っていられない。

「そうしたいんだ」

並んで歩くコナーがそれ以上なにか言うことはなく、ルーシーはありがたく思った。頭が混乱していて、とても会話なんてできない。家まではたっぷり十分かかり、その間も雨はたたきつけるように降っていた。傘のおかげで彼女は最悪の事態をまぬかれたけれど、コナーはずぶ濡れになった。玄関の鍵(かぎ)

を開けたルーシーは、せめて彼を家に上げて、雨が小降りになるまで待ってもらおうと思った。

「入ったほうがいいわ」乳母車を狭い玄関に入れ、彼女は言った。「雨ももうすぐ弱まるだろうし、またずぶ濡れになることはないでしょう?」

「これ以上ずぶ濡れになるとは思えないよ」コナーは皮肉っぽく言った。「実際、これほど濡れたのは先週川に飛びこんだとき以来だ」

ルーシーは笑った。「最近はついてないわね」

「いいや、そんなことはないさ」彼がドアを閉めて向き直ったとき、ルーシーは息をのんだ。これほどなにかを切望している彼は見たことがない。「最近、幸運の女神が僕にほほえんでいるような気がするんだ、ルーシー。僕はこの世でいちばん幸せな男だと思う。すべての男性が夢見ているものを、なにもかも手に入れたんだから」

11

そんなことを言うべきでなかったのは、コナーにもわかっていた。時機を待とうと決めたのに、そこに立っているルーシーを見て言わずにはいられなかった。濡れた巻き毛を顔に張りつかせた彼女はあまりにも美しく、なにも感じずにいるためには心を石にでもしなければならなかった。今は自分が本気だということを彼女に信じてもらいたい一心だった。

「ルーシー、こんなことを言ったのは――」

イザベルが突然目を覚まして泣きだしたので、コナーは言葉を切った。

ルーシーは急いで身をかがめ、雨用のカバーを取った。「この子の泣き声で家が壊れる前に、出してあげたほうがよさそうね」彼女は震える声で言った。

「そうだね」コナーはため息をついた。話を聞かずにすんでルーシーがほっとしているのが、ありありとわかる。一瞬、彼女を取り戻すなんて無謀な考えではないかという気がした。以前は彼女も僕を愛していたかもしれないが、今もそうだという理由はない。イジーを授かったことは喜んでいるとしても、だから僕まで必要としているとは限らない。

「イジーを着替えさせて、寝かせてくるわ。体をふくなら浴室にタオルがあるから」

「ありがとう」コナーは無理に笑顔を作った。「そのあとで湯を沸かしておくよ。紅茶とコーヒーだったらどっちがいい？」

「どっちでもいいわ、あなたの好きなほうで」

ルーシーは見るからによそよそしい笑みを浮かべて寝室に消え、コナーの気持ちはますます沈んだ。ルーシーのそんな態度は彼の不安を裏づけているような気がした。ルーシーはもう僕を愛していない。僕が仕事のために幸せになるチャンスを棒に振ったせいだ。本当に大事なことにもっと早く気づいていたら、どれほど違った人生になっていただろう。

そんな思いが暗雲のようにたれこめる中、コナーは浴室へ向かった。セーターはびしょ濡れだったので、脱いで浴槽に投げこみ、タオルで髪をふく。シャツも濡れていたが、半裸で部屋を歩きまわるよりは着ていることにした。自分の家のようにくつろぐのを、ルーシーが許してくれるとは思えない。

またしても落ちこんだコナーは、くよくよ考えるのはやめてキッチンへ行き、やかんを火にかけた。ルーシーが姿を見せるころには、ポットにコーヒーができあがっていた。

「コーヒーをいれたよ」彼は振り返って言った。

「ああ……そう。ありがとう」

コナーは眉をひそめてポットをテーブルに置いた。

ひどく居心地が悪そうなルーシーを見て、なにがいけないのかと考えずにはいられない。僕にいてほしくないのに、どう言えばいいのかわからないのか？

「ルーシー、帰ってほしいならそう言ってくれ」

「帰ってほしいなんて思っていないわ！　どうしてそんなことを言わなきゃならないの？」

「わからないけど」彼は肩をすくめた。「ただちょっと……ぴりぴりしているみたいだから」

「気のせいよ」ルーシーはきっぱりと言って、冷蔵庫に近づいた。牛乳パックを取り出し、コナーのそばをまわりこんでピッチャーを取ろうとする。

「僕が取ろう」彼は言った。振り向いて棚に伸ばした手が、偶然同じように伸ばした彼女の手に触れ、はっと動きをとめた。

波のような衝撃が腕を駆けあがるのを感じて、コナーは鋭く息を吸った。電気が流れているコンセントに指を突っこんだかのようだ。ルーシーをちらっと見たが、彼女も同じように感じているかどうかはわからなかった。とりあえず、どうすればいい？

ピッチャーを渡したとき、ルーシーはなにも言わなかったが、調理台に置いた手が震えていた。彼女はコナーの方を見ずにピッチャーにミルクを満たした。彼女が自分を見るのもいやがっていると思うと、コナーは耐えられなかった。

「間違いを正したいけれど、ルーシー、僕にはそれができないんだ。どんなにそうしたくても、時計の針を戻すことはできない」

「わかっているわ。たとえ過去に戻れたとしても、戻る理由はないでしょう？」

むなしい言葉が心を引き裂く。「そんな言い方はやめてくれ！　僕たちはうまくいっていたじゃないか、ルーシー。君も知っているはずだ」

「そうかしら？」彼女は悲しげにほほえんだ。「私はそう思っていたけれど、間違っていたわ。本当にうまくいっていたのなら、なぜあなたは私を捨てたの？」

「僕がそうしたいと思ったからだ。それがいちばんいいことだと本気で信じていた――僕にとっても、君にとっても」

「じゃあ、私のために別れたというの？」ルーシーは笑った。傷ついたような笑い声に、コナーは彼女を抱きしめずにいるのが精いっぱいだった。「今までそんなふうに考えたことはなかったわ。私がばかだったのね。あなたは出世するために私と別れたと思っていたけれど、間違いだったわけね」

「君は間違っていない。そこが肝心なところだ」コナーはきしるような声で言った。「なにしろ僕には計画があった。自分で決めた目標が。アメリカで働くのもその一つだった」

コナーは両手で髪をかきあげた。計画を実行するのがどんなにつらかったかを説明することができたら。彼女のそばにいたくてたまらなかったが、今そんなふうに言ったところで、信じてもらえるはずがない。言うのは簡単だというのは身をもって知っている。行動のほうがはるかに多くを語るものだ。そしてあのころの自分の行動は、ひどく彼女をないがしろにしていた。信じるのが無理なのも当然だ。

そう考えると不安でたまらなくなり、コナーは一歩前に出たが、ルーシーは手を上げて彼を制した。

「やめて！　なにをしようとしているのかわからないけれど、お願いだからやめて。今、自分のしていることを正当化しないでほしいの。あなたが行ってしまってから、どんな気持ちでいたかは忘れていないし、二度と同じ気持ちを味わいたくない」

「僕だってつらかったんだ、ルーシー」彼は声をつまらせた。眠れない夜、彼女が隣にいてくれたらと願っていたことを思い出す。あのとき自分に正直になっていれば、今ごろはずいぶん違っていただろう。

けれど、そうすることが夢をかなえるじゃまになったらと思うと、自分の感情を素直に認められなかったのだ。そして、現在のような事態を招いた。なによりもつらい罰だった。

「そうかもしれないけれど、あなたは連絡すらとろうとしなかったでしょう？　私のそばを離れるのがそんなにつらかったのなら、電話くらいくれてもよかったじゃないの」

「しようと思った」コナーは認めた。「けれどそのたび、君にとって不公平だと思ったんだ」

「私たちの関係を優先して、仕事を二の次にする覚悟ができていなかったから？」

「そうだ」彼は力なくため息をついた。認めるのは怖かったが、ルーシーに嘘はつけない。「僕はつねに仕事を最優先にしてきたし、そうすべきだと思っていた。でも、今は違う。人生には成功よりも大事なことがあると気づいたんだ」

「イジーね？」

「そう、イジーと……そして君だ」ルーシーを見たコナーは、彼女が驚いたような目をしているのでどきっとした。この告白に驚いているということは、僕の話に耳を貸す気があるということか？　ほんのわずかな希望だったが、彼はそれに飛びついた。ルーシーの手を取り、本気であることをわからせるようにぎゅっと握った。「僕にとっては君もとても大事な存在なんだ、ルーシー。僕の人生を変えたのはイジーだけじゃない。君と再会したからでもある。君と別れたとき、どれほど大きなものをなくしたかに気づかされた」

「お願いだから、心にもないことを言わないで」ルーシーはささやくように言った。その目は涙でうるんでいる。「もう一度あなたに傷つけられるなんて耐えられない」

「二度と君を傷つけない」コナーは重々しい声で言

った。「命にかけて約束するよ」

　その言葉と同時に、彼は手を伸ばした。待つべきだとはわかっていたが、ルーシーに本気だと知らせなくてはならない。そして彼が知っている中では、これがいちばんいい方法だった。二人の唇が重なる。キスは決して器用でもなくぎごちなかったが、とてつもない情熱がこみあげてきてコナーはうめいた。ルーシーを欲しい気持ちを抑えられない。驚いたことに、ルーシーも同じ気持ちのようだった。

　お互いを求めずにはいられず、二人はむさぼるようにキスを交わした。言葉で足りないといけないので、どれほどルーシーを愛しているか、コナーは行動で示した。これまで中身のない言葉だといろいろ責められてきたけれど、このキスなら彼女に言わなければならないことがすべて伝わるだろう。

　ルーシーは僕の全世界だ。なぜなら、思いもよらなかった未来を約束してくれたから。家庭や家族というものを知らなかった僕に、ルーシーはそれがどんなにすばらしいものかを教えてくれた。彼女とイジーを手に入れることができれば、ほかになにもいらない。僕の人生は完璧になる。

　その思いに激しく心を揺さぶられ、コナーの口づけは穏やかになった。またたく間に情熱がやさしさに変わる。以前は感情を見せまいとしていたのに、今は僕がどれほど深く思っているかを彼女に伝えたい。ためらうことのないキスはそれまでしたことのないもので、コナーは身も心も魂もすべてさらけ出していた。そして、ルーシーが率直に応えてくれたことで喜びに満たされた。あんなふうに傷つけたのに、彼女は今も僕を信じてくれている！

　ルーシーを抱きあげ、居間に連れていったときに手が震えていたのも初めてだった。これまでは女性に対して自信に満ちていたけれど、今は違う。昔の僕はこれほど深く誰かを愛したことがなかったし、男としての力や恋の手管を見せつける必要もなかった。ただ行動するだけだった。しかし、ルーシーにはありのままの自分を愛してもらいたい。いいところも悪いところも。とても不安ではあるけれど、あんなにひどい仕打ちをした僕を彼女が信じてくれるのなら、僕も彼女を信じられる!

コナーはルーシーをソファに横たえ、そばにひざまずいて、唇に、顎に、頬にキスをした。彼女の肌は熱くほてり、涙のせいで少し湿っていた。キスをするたびに欲望が高まっていく。コナーは刻印を残すように口づけした。彼女を永遠に自分のものにしたいという原始的な感情に驚いて、いつしか笑みを浮かべていた。こんなことをしていたら、いつか本物の原始人に逆戻りしてしまうかもしれない。

「なにを笑っているの?」ルーシーがささやいた。

「自分を笑っているのさ。僕は原始人になりつつあるらしい」コナーはもう一度キスをした。彼女の上品な鼻筋に沿って唇を這わせ、唇のすぐ上でとめる。

「なるほどね。じゃあ、私を洞窟へ引きずりこんで悪いことをするつもり?」

「かもしれない。引きずりこむ洞窟があればね」唇をさらに近づけ、唇すれすれのところへ持っていく。それでも、全神経でルーシーを感じることはできた。深く息を吸って感情を静め、しばしこのときを楽しむ。こんなに近づいたのは久しぶりだ。時間はたっぷりあるのだから、あせってはいけない……。

その考えを笑うように、唇が勝手に重なり、彼はうめき声をもらした。全身がずきずきするほど彼女が欲しいのに、どうして我慢できる?

キスはいつまでも続き、ようやく唇を離したときには二人とも息切れしていた。「僕の言いたいことがわかるかい?」コナーはつぶやいた。「君といると、つい男を誇示してしまう」

「あら、私のせいなの?」ルーシーがつややかな眉を上げ、コナーは笑った。冗談を言うほど大胆になってくれているのがうれしい。

「もちろんそうさ」

「だったら、キッチンに戻ってコーヒーを飲んだほうがよさそうね」ルーシーは甘い声で言った。「望んでもいないことはさせたくないもの」

「望んでいないことじゃない」コナーはかすれた声で言い、ふたたびルーシーの唇を求めた。

ルーシーはコナーの首に腕をまわし、キスを返した。唇を開き、さらに深いキスを誘う。コナーは血圧が急上昇するのを感じた。このまま続けていたら自分をとめられない。そのことをルーシーに伝えなくては。彼女と愛を交わしたい思いは呼吸をしたい欲求よりも強かったが、これればかりは自分だけでなく彼女にも決める権利がある。

コナーは無理やり唇を離し、ルーシーの目を見た。「やめてほしければ、今そう言ってくれ。僕は君を愛したい、ルーシー。でも、君も望んでいなくてはできない」

「私もよ」ルーシーは手を伸ばし、彼の唇にキスをした。その声に不安は感じられない。「あなたが欲しいわ、コナー。あなたと同じくらいに」

「ありがとう」声が震えたが、コナーは気にしなかった。彼女を取り戻すこと以外なにも考えられない。ルーシーのブラウスのボタンをはずそうとしたとき、欲望で全神経が張りつめているのを感じた。ボタンを一つはずして次に移ったが、抑えがきかないほど手が震え、中断せずにはいられなかった。

「私にさせて」ルーシーは彼の手を押しやった。

コナーは少し体を離して、彼女がブラウスのボタンをはずすのを見ていた。最後の一つがはずれ、手がとまる。見あげるルーシーの大きな目は誘っているようだったが、彼は動けなかった。ブラウスを脱がせて彼女に触れ、愛撫したい気持ちは痛いほどだったが、全身から力が抜けてしまったかのようだ。くやしいことに、手も足も出ない！

「だめだ」食いしばった歯の間から、彼は言った。

「私が欲しくないの？」

「いいや、君が欲しい。欲しくてたまらない」

ルーシーは理解したような表情になり、身を乗り出してキスをした。「だったら、私が手伝うわ」

彼女は身を起こし、肩を揺すってブラウスを脱ぎ、ソファの背にかけた。大胆な仕草を見て、コナーは満たされない欲望にうめき声をあげた。

ルーシーは両手をブラのホックに持っていった。問いかけるような目で見られ、コナーはやっとのことでうなずいた。ホックがはずれ、ブラがソファの背にかけられる。今、彼女がまとっているのはジーンズだけだった。ぴったりしたジーンズは、第二の皮膚のように脚を包んでいる。彼はうめいた。

「ひどい拷問だ」そうつぶやいて動こうとしたが、まだできなかった。

「そう？」身をかがめたルーシーの胸がコナーの胸をかすめた。胸の先が硬くなっているのに気づいて、コナーは息もできなかった。

「拷問だよ」彼は繰り返した。今はそれ以外にこの気持ちを表す言葉は見つからない。彼の体は苦痛を感じていた――彼女への欲望で。

「どうしたらいいのかしら」ルーシーはさらにコナーに近づき、両手をまわして抱きしめた。やわらかく魅惑的な体を全身で感じるといきなり力がわいてきて、コナーはほっとしたようにため息をつき、彼女に腕をまわした。

「君が解決してくれたみたいだ」

コナーはむさぼるようにキスをし、それからルーシーのジーンズとショーツを脱がせた。燃えるような欲望がほとばしる。その欲望はとうてい抑えられなかったし、抑える気もなかった。自分の服を脱ぐ時間も惜しくて、小声で悪態をつく。彼女も同じくらいじれったがっていた。コナーが身をかがめようとしたとき、ルーシーはすでに手を伸ばしていて、二度と放さないというように彼を抱きしめた。

二人はそのままソファで愛を交わした。コナーの人生でいちばん感動的な出来事だった。情熱に任せて始まったことが、もっと大事なものになっていく。彼は傷ついたルーシーを癒そうとした。それなのに途中で自分も癒されていることに気づき、驚いた。

涙が頬を伝い、子供のころの記憶が色あせていった。長い間背負ってきた重荷が取り除かれていく気がする。母は僕を愛することができなかったかもしれないけれど、ルーシーは違う。僕を愛し、気づかうことが、僕にとってなによりもすばらしい贈り物だと知っている……イジーの存在は別にして、だが。

ルーシーが自分の子供を産んでくれたことに胸がいっぱいになりすぎて、コナーは安心だけでなく喜びもこめて声をあげていた。普通の男性が望める以上のものを手に入れたのだ。そのことにいつも感謝し、彼女を愛し、大事にしなければ。そしてお返しに、自分の持っているものはすべて彼女に捧げよう。心も、魂も、人生も。今ではルーシーとイジーが僕のすべてだ。そして、僕もルーシーにとってのすべてになりたい。

これほど幸福な気持ちに包まれることがあるなんて、ルーシーは信じられなかった。前にコナーとつき合っていたときは、どこか心を許せないところがあった。彼がいつか自分のもとを去ることがわかっていたから、喜びの中にも一抹の悲しみがあった。

でも、今は違う。頭のてっぺんから爪先まで幸せに満ちている。体の隅々まで！　彼女はほほえみをこらえることができなかった。

「アダムス看護師、君はチェシャ猫みたいににやにやしているぞ」コナーは自分も笑いながら、肘をついて身を起こした。

ルーシーはくすくす笑った。「文句ある？」

「いいや。まったく」コナーは彼女の唇にそっとキスをし、やさしさに満ちた目でほほえんだ。「君の笑顔が大好きだ。もう二度と悲しませたくない」

「絶対に悲しまないとは言えないけれど、今は悲しみとはほど遠い気分よ」ルーシーはコナーの唇、鼻、まぶたにキスをした。ふたたびそうすることができるのが、あまりにもうれしかったから。いつでもどこでも好きなときに彼にキスができる。そう考えると、ますます笑みが広がった。

「今なにを考えているかきいてもいいかい？」

「もちろんよ。正直に答えるとは限らないけど」言い返したルーシーは、またキスをしたくなった。お仕置きとして……それとも、ごほうびとして？

キスがさらに意味深いものになる前に、聞き慣れたベルの音が床から響いた。ルーシーはうめき声をあげて、仰向けにクッションに倒れこんだ。「これってひょっとして？」

「だと思う」コナーはため息をつきながらジーンズに手を伸ばし、ポケットベルを取り出した。液晶画面を見て背筋を伸ばす。「病院からだ……不意打ちというわけだな。悪いけど、無視はできない」

「いいのよ」ルーシーは心から言った。すべてが解決した今、仕事のことははるかに安心して受けとめられた。ときには仕事第一にならなければいけないこともあるだろう。でも、理解はできる。彼が私とイジーを優先しようと努力してくれている限り、それほど不安ではない。心配事がなくなり、彼女はうれしくなった。

すばやくコナーにキスをして立ちあがる。今は自分の気持ちを説明しているときではない。コナーは呼び出しに応えなくてはならないのだ。コナーが病院に電話をかけている間、ルーシーは寝室にガウンを取りに行った。戻ってきたとき、彼はすでに服を着ていた。

その深刻な表情に、ルーシーは眉をひそめた。

「なにかあったの?」

「アラン・ジョンソンとエイミー・マーシャルが行方不明になった。ビーが警備員に連絡して、今病院内をさがしている」彼は説明し、ジーンズのファスナーを上げた。「アランの福祉司とエイミーの両親に話をしなければならない」

「いったいどこへ行ったのかしら?」

「わからない。けれど、早く見つけなければ大変なことになるだろう」コナーは大股に玄関へ向かい、それから足をとめた。その目に不安げな表情が表れている。「ごめんよ、ルーシー。話し合わなければならないことがたくさんあるのに……」

「それはあとでいいわ」なにも心配することはない

と伝えようと、彼女は笑みを浮かべた。「私はどこへも行かないもの。あなたは?」

「行くものか」コナーはほっとしたような顔をし、引き返してルーシーの唇にすばやくキスをした。額と額を合わせたとき、彼の震えがルーシーにも伝わってきた。「もう二度と同じ間違いはしない」

急いで出ていくコナーを、ルーシーはほほえんで見送った。はっきりとした愛の告白ではないけれど、同じくらいうれしかった。コナーは二度と離れないと約束してくれた。彼は本気だ。

彼女は部屋を片づけ、浴室にシャワーを浴びに行った。コナーがセーターを忘れていったのに気づいて笑みを浮かべ、タオル掛けにかけた。まるで将来を暗示しているみたい。もうすぐ彼の服と私の服が、同じ引き出しにしまわれるようになるという……。

そうなるかしら?

ルーシーは手をとめ、どこからそんな疑問がわいた。

てきたのだろうと思った。この数時間の出来事は、彼がどんなに私を大事に思っているかを教えてくれた。なのに、どうして不安になるの？　愛しているとはまだ言われていないけれど、いつか彼も言ってくれるはず……。

ルーシーはすばやくシャワーの栓をひねった。わずかな疑いを大げさに考えるのはよくないわ。問題は彼を信じるか信じないかで、もう信じると決めてしまったんだもの。愛していなければ、あんなふうに私と体を重ねられないはずよ。

彼女はシャワーの下に立ち、ばかげた考えを洗い流そうとした。たしかに解決していない問題はある。たとえばディーとの関係とか。けれど、きっとなにもなかったという説明があるはず。愛の基本は信じることよ。彼を信じなかったせいで、すべてをだいなしにするつもりはないわ。

12

「監視カメラの映像は確認したか？　すべての出入口に取りつけられているはずだ」

山のようなビデオテープのどこにも子供たちの姿は映っていなかった、という警備の責任者の説明を聞きながら、コナーはいらだちを抑えた。エイミーとアランが消えてから二時間がたっている。二人が危険な目にあう可能性は大きくなっていた。

「それなら、まだ病院内にいるはずだ。今夜はずっとここにいるから、なにかわかったらすぐに電話してくれ」

受話器を置いたコナーは、ビーを振り返ってため息をついた。

「だめだ。子供たちが病院を出ていった形跡はない。まだどこかにいるはずだ。ある意味、ありがたいことだが」彼は険しい顔で言った。よりによって今、こんな事件が起こるなんて。もっと長い時間ルーシーと過ごし、ここしばらくの誤解をすっかり解きたかった。仲直りのチャンスが失われるのではないかという思いにぞっとしたが、出てくる前に彼女が言ったことを思い出した。今のルーシーは僕を信じている。二度と失望させてはいけない。その考えにほっとして、コナーはビーにほほえみかけた。「いいかい、ビー、自分を責めちゃだめだ。子供たちはあらかじめ計画していて、逃げ出す機会をうかがっていたんだろう」

「わかっています。でも私が病棟を担当していたのですから、あの子たちが消えたのは私の責任です。もしあの子たちになにかあったら――」

「なにもないさ」コナーは断固として言った。「建物を出ていなければ、遠くへは行っていないということだ。警備員が見つけてくれるだろう――今に」

「それを祈っています」

ビーはこわばった笑みを浮かべてコナーのオフィスを出ていった。コナーも彼女を追ったが、病棟には戻らず家族用の待合室へ向かった。エイミーの両親が来ていたが、彼らと話すのは気が重かった。

結局、話し合いは予想どおりひどいものとなった。こうした状況で親が動揺するのはわかるが、エイミーの両親は娘がどこへ行ったかよりも、病院を職務怠慢で訴えるほうに興味があるようだった。しばらくして彼らと別れたコナーは、嫌悪感を隠すのに苦労した。金を儲けるための努力をいい親になることに向けていれば、エイミーは逃げ出したりしなかったかもしれない。

そう考えると、コナーがイザベルの人生にかかわることをルーシーがあれほど心配していたわけがわかった。親になれば、中途半端な行動はできない。子供を第一に考え、ほかはすべてあとまわしにしなくてはならないのだ。廊下を歩きながら、コナーは笑みを浮かべた。昔は大嫌いな考え方だったが、今は喜んでそうしたい。かけがえのない娘を愛するよりも優先したいことなど思い浮かばない……。

ただし、娘の母親に愛していると伝えることは別だ！

翌朝ルーシーが出勤したときも、行方不明の子供たちの手がかりはなかった。警備員たちは病院をくまなくさがしたが、成果はゼロだった。警察が呼ばれ、前の夜に勤務していた職員全員が事情聴取された。

ルーシーはビーの聴取が終わるまで部屋の外で待っていた。警察が帰ったあと、ビーはひどくうろたえていた。「まだなんの知らせもないの？」ルーシーは部屋に入って尋ねた。

「ええ。どこへ行ったのか見当もつかないわ。これだけさがしても見つからないなんて」

ルーシーはため息をついた。「あなたのせいじゃないわ、ビー。あの子たちが逃げ出そうと計画していたのを知らなかったんですもの」

「コナーもそう言ってくれたわ」ビーは無理に笑顔を作った。「きつく叱られると思っていたのに、やさしかった。彼、すごく変わったと思わない？　愛の力だとトムが言ったとおりかも。もしそうなら、コナーとディーはすぐにでも正式につき合っていると発表したほうがいいわ」

「どうかしら」

ルーシーはなんとか笑みを浮かべたけれど、その言葉に傷つかずにはいられなかった。明らかに、みんなはコナーとディーがつき合っていると思っている。昨夜のことを知ったら驚くに違いない。できるだけ早く、彼と話し合おう。これ以上事が複雑になる前に、はっきりさせておいたほうがいい。コナーが私の子供の父親だということがわかったら、噂好きの人たちは大はしゃぎするだろう。

あいにく、今は話をしている時間はなかった。警察が来たせいで予定もなにもかも遅れてしまったし、朝食の用意や経過観察もある。ルーシーとサンドラが経過観察を行う間、非常勤看護師のメアリー・モリスが朝食の支度をしてくれた。高度治療室に患者は一人も入っていなかったので一つ仕事は減っていたが、それでも回診が始まるまでにすませておかなければならないことが山ほどあった。

ふたたびコナーと会える時間が近づくと、ルーシーは喜びがふくらむのを感じた。昨夜一緒に過ごせたら、どんなにすてきだっただろう。けれど、彼が行かなければならない事情は理解できた。緊急の呼び出しだったし、小児科長としての責任を彼は負っている。しかしそうとわかっていても、研修医や看護師を引き連れてきたマーティンにコナーは来られないと聞いて、ルーシーはがっかりした。どうやら弁護士と二人きりで話し合わなくてはならず、マーティンに回診の代わりを頼んだようだ。

ルーシーはみんなをベッドに案内したが、アマンダとトムが視線を交わすのを見て、彼らがなにを考えているかがわかった。コナーとイジーに関する噂を聞いていて、彼が私を避けていると思っているんだわ。別の女性とつき合っているときに、イジーの父親だとばれて気まずく思っているのだと。

ルーシーは誤解を解きたくてたまらなかったが、そんなことができる立場ではなかった。コナーの口から言ってもらったほうがいい。それでも、早くはっきりしてくれるに越したことはなかった。彼が別の女性とつき合っているのは本当ではないのだから、みんなにも真実を知ってもらいたい。

弁護士との打ち合わせを抜け出せて、コナーはほっとした。非常に緊張する話し合いだったし、この先どんな波紋が広がるかもわかっていた。以前なら自分のキャリアに傷がつくのが心配だったが、今はいなくなった子供たちのほうがなにより気にかかる。二人はどこへ行ってしまったんだ？　まだ病院内にいるなら、なぜ見つからない？

オフィスを通り過ぎようとしたとき、ディーに声をかけられた。足をとめ、彼女が来るのを待つ。

「今日も出勤だとは思わなかったよ」コナーはほほえんだ。

「違うの。あなたに話があったんだけれど、タイミングが悪かったみたいね」ディーは顔をしかめた。

「子供たちがいなくなったとサンドラに聞いたわ」

「すごく心配なんだ」コナーも相づちを打った。

「そうね。いずれにせよ、忙しそうだから帰るわ」

「待ってくれ」コナーは手を上げ、立ち去ろうとするディーを引きとめた。「なんの用だったんだ？」

「いいの。私のことより、大事な問題があるんでしょう？」彼女はにっこり笑った。「あなたには隠し事があるって、誰かさんに聞いたわ」

「その誰かさんは、ひょっとしてサンドラという名前じゃないかな？」コナーは頭を振り、ディーは笑った。「彼女がおしゃべりだと知っておくべきだったよ。もちろん、だからといって問題はないが」

「じゃあ、本当だったの？　ルーシーとあなたには娘がいるのね？」

「ああ」思わず笑みがこぼれた。「葉巻でも買って配ればよかったな。父親になったなんて、めったに発表できることじゃないからね」

「ええ、とてもいい知らせだわ。本当に」ディーはきっぱりと言った。けれど、笑みを浮かべようとする唇は震えている。おそらく、とてもお祝いを言えるような状況ではないのだろう。

「君とマイクはどうなった?」コナーはやさしくきいた。

「複雑な状態よ」ディーがため息をつく。「その話をしたかったの。公平な助言が欲しくて。両親だと近すぎて、話をしても意味がないもの」

「だったらオフィスで話を聞くよ」コナーはそう言ってドアを開けた。

ディーは素直に部屋に入った。話がしたくてたまらないのだろう、ドアも閉めずに単刀直入に切り出した。「先週、マイクがイギリスに来たの。ある提案をされたけど、どう考えていいかわからなくて」

「どんな提案?」コナーは机にもたれてきいた。

「卵子の提供を受けて子供を作るという提案よ」

「君はそれがいやなんだね?」

「いいえ、そうじゃないの。ただ、うまくいくかどうか不安で……」彼女は悲しげに言葉を切り、コナーは眉を寄せた。

「子供が卵子の提供を受けたことを知って恨むんじゃないかと心配なのか?」

「ええ、たしかにそのことも気がかりだけれど、子供が生まれてからの私の気持ちのほうが心配なの。生物学上は私の子供ではないのに、愛せると断言できる?」

「断言はできないさ、ディー」コナーはやさしく言った。「けれど、それをいったら自分の子だって愛せるとは限らないんだ」

驚いたような顔で見るディーに、彼は悲しげにほほえんだ。自分の境遇を話したことはなかったが、彼女が気持ちを固める助けになる気がした。

「僕は小さいうちに母に施設に入れられた。父は赤ん坊のときに死に、僕が六歳になるときには母は別の男と出会っていた。そして、その男は僕がついてくるのがいやだったというわけさ」肩をすくめた。

「母は僕よりもそいつを選んだんだ」

「そんな、ひどいわ！」ディーが叫んだ。「どうしてそんなことができたの？」

「さあね」自分がなぜマイクの計画を後押ししているのか、コナーにはわからなかった。たぶん、父親になるすばらしさに気づいたせいだろう。マイクとディーのように、お互いを大切に思っている二人が親になれないなんてあまりにも悲しい。「考えてみてくれ、ディー。君は赤ん坊が欲しくてしかたないのに、作ることができない。となると、理想的な解決法だ。いずれにせよ、子供の父親は君が愛している人だろう？　子供も同じように愛せないはずがないじゃないか」


「よかったわ……ええ、すぐにマッケンジー先生に伝えます」

ルーシーは安堵のため息をつき、受話器を置いた。アランとエイミーがボイラー室に隠れているのが見つかったのだ。無断の冒険のあとでも体調に変わりはないらしい。二人は病棟に戻されるだろうから、あとはコナーに報告するだけだ。

　廊下を急いでいたルーシーは、彼がまだ弁護士と話しているならポケットベルで呼び出したほうがいいだろうかと考えた。早く知らせれば、それだけすべてが平常に戻るのも早くなる。詰所に入って机に向かい、あたりを見まわしたとき、サンドラがやってきた。「子供たちが見つかったから、コナーをポケットベルで呼び出そうと思って」

「その必要はないわ。たった今、ディーとオフィスに入っていったわよ」

「本当？」ルーシーは受話器を置いた。心臓がどきどきしはじめる。「今日はディーが出勤する日だった？」できるだけ冷静に尋ねた。

「違うと思うけど。高度治療室の担当が必要なときだけじゃなかった？」サンドラは肩をすくめた。

「コナーに会いに来たのかも――」

サンドラはふいに黙りこんだ。その顔が気まずそうに赤くなっている。まずいことを言ったと思っているに違いない。でも、その心配は無用だ。ゆうべ、コナーはディーとはなんの関係もないとはっきりさせてくれたもの。

「だったら、オフィスに行って彼に伝えるわ。先に昼食の準備を始めてくれる？　すぐに行くから」

サンドラがなにか言う前に、ルーシーはそそくさと立ち去った。オフィスのドアは開いていて、ノックすべきかどうか迷った。個人的な話をしているなら、じゃましたくない……。

「考えてみてくれ、ディー。君は赤ん坊が欲しくてしかたないのに、作ることができない。となると、理想的な解決法だ。いずれにせよ、子供の父親は君が愛している人だろう？　子供も同じように愛せないはずがないじゃないか」

コナーの言葉を聞いて、ルーシーはショックのあまり後ろへよろめいた。ディーがなにか答えたようだったけれど、なんと言ったのかはわからない。つらすぎて理解できなかった。コナーはディーに、イジーを受け入れるように説得しているの？　イジーのことを、二人の将来に欠くことのできない存在だと思っているの？　信じたくはないけれど、あの言葉を聞いてほかにどう考えればいい？

君は赤ん坊が欲しくてしかたないのに、作ることができない……子供の父親は君が愛している人だろう……。

会話の断片を思い出しながら、ルーシーは廊下を引き返した。コナーはディーのためにイジーが必要で、それでイギリスへ戻ってきたんだわ。そうじゃない？　ディーの人生の隙間（すきま）をうめるために、娘が必要だったのよ。

今まで腑に落ちなかったことが、これではっきりした。彼は私と家庭を築こうなんて思ってもいなかった。いつも仕事を優先させてきた彼が、今は愛する女性を幸せにするためにどんな犠牲でも払おうとしている。

吐き気がこみあげてきて、ルーシーは手で口をおおった。戻してしまう前になんとか化粧室へ駆けこみ、壁にもたれて吐き気をやり過ごす。コナーには以前も傷つけられたけれど、今回は比べものにならないほどひどい。彼は自分のためにイジーを利用しようとしている。死ぬまで許さないわ。

ディーが帰ってからコナーはまっすぐ病棟に行ったが、ルーシーの姿は見えなかった。サンドラが遊戯室にいて、子供たちに昼食を食べさせていた。彼はドアから顔をのぞかせた。

「ルーシーはどこかな？」

「オフィスに先生をさがしに行ったはずですけど」サンドラは驚いたように答えた。

「本当かい？」肩越しに振り返ったが、ここへ来るまでの間にルーシーとすれ違ってはいなかった。

「呼び出しを受けたのかもしれません」サンドラが言った。「階下でエイミーとアランを診なければならないので」

「見つかったのか！」

「ええ、ごめんなさい。ルーシーからまだ聞いていなかったのを忘れていました。ボイラー室で見つかったらしいんです」

「よかった」声がしたので、コナーは振り返った。見るからにしょげかえった二人の子供が、病棟へ戻されようとしている。「ちょうど来たな。まずあの子たちと話をして、それからエイミーの両親、アランの福祉司と話をする。ルーシーを見かけたら、あとで話があると伝えてくれないか？」

彼は三人だけで話ができるよう、子供たちをオフィスへ連れていった。二度とこのようなことを起こさないために、真相を知りたかったのだ。しかし弁護士がついてきて、同席すると言い張った。明らかに、子供たちの失踪（しっそう）が病院の評判にもたらす影響を心配しているようだ。

「よし、そこへ座って、なにをするつもりだったのか話してごらん。たくさんの人が心配するのがわかっていて、どうしてあんなことをしたんだ？」

「誰も僕たちのことなんか心配しないよ」アランがつぶやいた。「施設では、僕がどうなったって気にしないんだ。だから戻りたくないんだよ！」

「私だって同じよ」エイミーが涙をこぼした。「パパもママも忙しすぎて、私のことなんかかまってくれない。私はただの厄介者なの。二人が考えているのはお金儲けだけ」

コナーはため息をついた。二人ともかわいそうな子供だったが、自分たちがどんな危険を冒そうとしていたかを教えなければならない。「逃げ出す理由があるのはわかった。けれど、君たちになにかあったらどうする？　病棟の職員が責任を問われたら、気の毒だろう？」二人がその言葉にしゅんとなったので、それ以上責めるのはやめる。「二度とこんなまねはしないと約束してくれるね」

約束した二人を、コナーは病棟に戻した。続いて、マーシャル夫妻とアランの福祉司に話をする。エイミーの言葉を伝えるとマーシャル夫妻は憤慨し、このことを他人に言ったら告訴すると脅した。だが、コナーは引きさがらなかった。彼らの娘は家でスプレー遊びをするほど不幸で、家に戻るよりは逃げ出すほうを選んだのだと指摘した。

アランが養護施設で受けていた仕打ちについても容赦なく責めた。児童福祉司に施設の水準を引きあげてほしい、引きあげられたかどうかは自分の目で確かめるつもりだと伝えた。話が終わるころ、弁護士は顔を真っ赤にして怒っていたが、コナーは気にしなかった。誰かが子供たちの味方にならなければならない。なれるとしたら、自分しかいないだろう。

話し合いが終わってから病棟に戻り、子供たちのようすを見た。行方不明になったあとでもとくに体調に変化はないようだったので、二人に昼食を食べさせ、心配なことがあったらすぐに知らせるようにとサンドラに指示した。

病棟を出たときにもルーシーの姿はなく、コナーはため息をついてエレベーターに向かった。彼女と静かなひとときを過ごすのはあきらめなければならないようだ。午後には経営会議があるので、彼女をつかまえるのは夜になるだろう。エレベーターに乗ったとき、彼は時間がたつのがひどく遅いことに気づいた。ルーシーがいなければ、一秒一秒が無駄な時間に思えた。

13

ルーシーはその日をどうやって過ごしたか覚えていなかった。コナーがどんなふうに自分をだましていたかを知って気分が悪かった。ここまでひどい目にあわされるなんて信じたくなかったけれど、彼とディーの話を聞いてほかにどう考えられる？　彼はディーのためにイジーが必要だった。そして、目的を果たすためにはどんなことでもするつもりだった——私を抱くことさえも。

「ひどい顔色だわ、ルーシー。気分でも悪いの？」

病棟を出ようとしたときにサンドラに声をかけられ、ルーシーは無理に笑顔を作った。「ちょっと頭が痛くて」

「まあ、かわいそうに。ここのところいろいろあったから無理もないわよね」

好奇心をあらわにした友人を見て、ルーシーはため息をついた。

幸い、電話が鳴ったので逃げることができたが、これからコナーと働くのがどれほど気まずくなるかは覚悟していた。イギリスに戻ってきた本当の理由を知った今、彼のそばにいるのを我慢できるかどうかはわからない。私のことは利用できたかもしれないけれど、娘まで利用できると思ったら大間違いよ。イジーは品物じゃない。ディーの人生にあいた穴をうめるためのものじゃないわ。ディーのことは気の毒だと思うけれど、娘をそんなふうに利用するのは許せない。コナーに会ったら、真っ先にそうはっきり言ってやらなくては。

けれど、彼をさがしているひまはなかった。電話は救急医療科からで、十歳の双子の男の子が入院を必要としているということだった。ニコラスとサイモンのジェントリー兄弟は、重度の喘息(ぜんそく)の発作を起こしていた。家族は休暇でここへ来ていたので、かかりつけ医に連絡をとり、カルテをファックスしてもらうことにする。二人とも今は容態が安定しているけれど、酸素飽和度が低下しているため、救急医療科の医師は一晩ようすを見ようと判断した。

ルーシーは二人を隣り合ったベッドに寝かせ、コナーを呼びに行った。病棟についてきた母親はひどくうろたえていたので、ルーシーは彼女を家族用の待合室に連れていった。

「発作の要因になりそうなものに心あたりはありますか?」

「なにもかもですわ!」ミセス・ジェントリーは倒れこむように椅子に座った。「最初は猫の毛でしたわ……二人が生まれたときに猫を飼っていたんです。でも子供たちがしょっちゅうぜいぜいいうので、人に引き取ってもらいました。おかげで発作はしばらくやみましたが、また始まるようになって。今度はハウスダストのアレルギーではないかとかかりつけ医が言うので、カーペットを全部はがして木の床にしました。でも、保育園に行きはじめてからまた同じことが始まって。園に送り出すたびに、心配でどうかなってしまいそうなんです!」

「さぞつらいでしょうね」

「まるで悪夢のようでしたし、今もそうです。二人になにかあったらと心配で……」

ルーシーがそっと肩に手を置くと、気の毒な母親は泣きだした。メアリーがドアをノックし、コナーが来たと告げたので、ルーシーは顔を上げた。ミセス・ジェントリーについていてくれるようメアリーに頼んで待合室をあとにし、気を引きしめてオフィスへ向かう。ここで彼と言い争い、人に聞かれるようなまねをするつもりはない。言いたいことは二人きりになったときに言おう。

「やあ、僕に用があるんだって?」

温かいコナーの笑顔に迎えられて、ルーシーは胸が痛んだ。あの会話を盗み聞きしなければ、心を奪われていただろう。彼が私にこんなに朗らかな態度で接することができるなんて信じられないけれど、これも目的のために決まっている。

彼が私とイジーの幸せよりも、ディーの幸せを優先させようとしているなんて。しかし、ルーシーはなんとかショックを隠した。「今、十歳の双子が入院してきたところです。二人とも重度の喘息の発作を起こしています。酸素飽和度が低下していて、救急医療科は一晩ようすを見たいということでした。ご家族は休暇でここへ来ているため、ちゃんとした病歴はまだわかっていません」

「今も治療中ということだね?」コナーはただちに問題点をとらえて言った。

「ええ。母親はとてもきちんとしている感じでした」すぐに気持ちを切り替えた彼を見て、ルーシーはいやな気持ちになった。ディーといるときもそうしているの？　それとも本気で愛している女性の前では、集中するのがもっとむずかしくなるの？

　涙がこみあげてきて息がつまり、咳払いをしたルーシーは、コナーに見つめられているのに気づいた。

「救急医療科はかかりつけ医にカルテをファックスするよう頼んでいますが、背景についての詳細は母親が教えてくれると思います」

「では、まず母親と話をしよう」コナーは立ちあがり、ドアの方へ向かった。ルーシーがあとをついていこうとしたとき、彼は足をとめた。「大丈夫かい、ルーシー？」やさしく言って、彼女の顔をさぐるように見る。その目は思いやりにあふれていた。

「大丈夫よ」ルーシーはそっけなく答えた。二度とゆうべのようにだまされるものですか。

　そのとき思い出がよみがえり、ルーシーは胸が締めつけられる思いでオフィスを出た。ゆうべの彼は心から私を愛していると思っていた。あのやさしく、いつくしむような、情熱に満ちた態度は愛の証なのだと。だが、すべては欲しいものを手に入れるための彼の演技だったのだ。彼がいちばん欲しいのはディーの幸せだった。彼がしたことを、私は決して許さない。一度ならず二度までも心を奪われ、踏みにじられた今の私にできるのは、イジーに同じ思いはさせないとはっきり言うことだ。今はディーのためにイジーが必要なのかもしれないけれど、ディーが子供を愛せないとわかったらどうなるの？　イジーはよけいなお荷物になってしまうの？

　大事な娘が傷つけられると思うと耐えられなかった。今度こそコナーがなにを言おうと、どんな権利を主張しようと、絶対に信じない！

コナーはルーシーのようすがおかしいことに気づいていても、その理由がわからなかった。病院の噂好きな連中があれこれ吹聴したせいで、彼がイザベルの父親であることは誰もが知っていたが、それを気に病んでいるのだろうか？　とても引っこみ思案な彼女に、気まずい思いはさせたくない。噂を静めるような行動を起こすべきだろうか？　結婚すればあれこれ憶測されることもなくなるが、ルーシーは結婚についてどう思っているだろう？

ルーシーのあとから家族用の待合室に向かいながら、コナーは考えこんだ。これまで一度も話し合ったことがないので、彼女が結婚についてどう思っているのかは見当もつかない。結婚は自分の人生設計にはないものだったが、今は違う。最優先事項だ。彼は自分がどれだけ変わったかに驚いてほほえんだ。キャリア志向の独身者から、一夜にして理想の夫になってしまうとは。あとは僕が真剣であるとルーシーに信じてもらえれば、新たな夢をかなえることができる。

魅惑的な考えを頭から追い出すのに苦労しつつ、コナーはミセス・ジェントリーに自己紹介した。気の毒な母親がひどく取り乱しているのを見て、励ますようにほほえむ。「お子さんは最善の場所に運ばれました。ですから、あまりご心配なさらずに」

「これほどひどい状態になったのは初めてなんです、マッケンジー先生」母親は涙をぬぐった。「いつも気をつけているのに、理解できません。最大呼気流量は一日三回確認していますし、薬も決められた時間にきちんとのませています。休暇だからといって、日課は変えていません」

「あなたのせいではありませんよ」彼はなだめるように言った。「お子さんたちの治療内容や、今使っている薬についてなにかわかりますか？」

ミセス・ジェントリーはバッグを開け、薬を見せた。コナーはうなずいた。兄弟は二人ともコルチコステロイドを処方されていた。日常的に使用していれば、喘息の症状を静めるのに極めて効果的な薬だ。コルチコステロイドは副作用を引き起こすこともあるが、吸入で血液に吸収されるのはごく微量なのでその可能性は低いだろう。

「いいでしょう」彼は薬を返した。「主治医の治療計画を妨げるつもりはありません。しかし、今日の発作の引き金を突きとめたいのです」

「こっちが知りたいですわ！」ミセス・ジェントリーが叫んだ。「私たちは自家用キャンピングカーを所有していて、これ以上ないほど清潔にしています。寝具やクッション類にはすべて抗アレルゲンのカバーをかけていますし、カーテンの代わりに埃がつきにくいブラインドにしています。しかもカウンターだけでなく、床も一日二回消毒しているんですよ。夫に言わせれば、床で食事をとってもいいくらいきれいなんです！」

「家でもそうしているのですか？」

「ええ。あの子たちが生まれてからずっとそうしてきました。うちには菌なんて一つもありませんわ」

「非常に徹底されているようですね、ミセス・ジェントリー」コナーはほほえんだが、双子の病気の根っこには母親の潔癖さも関係あるのではないかという疑惑がふくらんでいた。あまり清潔にしすぎると、日常的なアレルゲンへの耐性が損なわれ、さまざまなものに反応しては発作を起こす場合があるのだ。子供たちのかかりつけ医に話を聞いてみることに決め、立ちあがる。「子供たちのようすを見てから、また戻ってきます。お茶でも飲んで気を楽にしててください。二人ともきっとよくなりますよ」

コナーはルーシーについてくるように目配せをし、二人して待合室を出た。廊下を歩いている間、彼女は一言もしゃべらず、気まずい沈黙が流れた。唇をぎゅっと引き結んだ表情から、なにやら悩んでいるらしいとみた彼は、オフィスの前で足をとめた。

「悩みがあるようだね。中へ入って話さないか？」

「話したくないわ」

ルーシーはコナーを無視して歩きつづけ、病棟へ向かった。あとからついていったコナーは、とまどわずにはいられなかった。彼女は飛び交う噂に悩んでいるのかもしれない。だが、それだけなのか？双子のベッドに向かいながら、問題はできるだけ早く解決しなければと彼は思った。二人の間にこれ以上誤解が生まれるのは、なにより避けたかった。

コナーが経営会議に出ると、ルーシーはほっとした。あんなことがあってから、彼のそばにいるのは耐えられなかった。幸いそれからずっと忙しく、午後は飛ぶように時間が過ぎて帰宅時刻となった。

託児所からイザベルを引き取り、まっすぐに家に帰る。途中で買い物をしようと思っていたのに、疲れと混乱でその気になれなかった。スクランブルエッグを作ったけれど食べる気になれず、ほとんどごみ箱行きになってしまった。

皿を洗っている間、イザベルは片言でおしゃべりをしていた。この子は今の状況をなにも知らない。だから、気づかれずにいたかった。娘は父親に利用される駒じゃない。そんなことは許さない。コナーを娘に会わせないようにするのは自分の手にあまる難題だろう。けれど、どれほど脅されようと決意を変えるつもりはない。私が意地を通せば、彼とイジーを切り離すことができるはず！

その夜、八時十分過ぎに呼び鈴が鳴った。予想どおりだ、とルーシーは思った。欲しいものを手に入れるための道筋をつけたコナーが、仕上げをしに来たに違いない。彼女は立ちあがり、ドアを開けた。

結論は早いうちにはっきりさせておいたほうがいい。

「やあ」

コナーは笑顔とともに玄関に入ってきた。温かなまなざしを見て、ルーシーは心臓が縮むような気がした。見事な演技だわ。彼の計画を知らなければ、心から私を気づかってくれていると信じてしまっただろう。でも、私はただのゲームの駒。彼は私のことなど少しも気にしてはいないのよ。

ルーシーはなにも言わずに背を向け、居間へ向かった。今は自分の感情はどうでもいい。本当の問題に全精力をとっておかなければ。つまり、娘を守ることに。

「どうしたんだ、ルーシー？」居間に入ったコナーは、彼女が答えないのを見て、腕をつかんで引きとめた。「ルーシー、頼むから答えてくれ」

「もう二度とイジーには会わせないわ」問いには答えず、ルーシーはにべもなく言った。彼が愛しているのは私ではなくディーだった。そう思うと涙がこみあげてきたが、まばたきをしてこらえた。彼の前では泣かないわ。二度と弱みは見せない。

「どういうことだ？」コナーはルーシーを振り向かせた。「なにがあった？　なぜ突然、イジーに会わせないなんて言うんだ？」

「あの子を利用させないためよ、コナー」ルーシーは吐き捨てるように言って、腕を振りほどいた。

「利用する？　いったいなんのことだか――」

「今日、あなたとディーが話しているのを聞いたの」ふいに、もう我慢できなくなった。彼には二度と嘘(うそ)をついてほしくない。昨夜の仕打ちでじゅうぶんだ。愛しているとは言われなかったけれど、愛を交わす仕草にそれが表れていると信じていた。でも、たやすくだまされて私がどれほどみじめな気持ちでいるかを言うわけにはいかない。

「なるほど。それで、なにを聞いたというんだ？」

コナーの声は荒々しかった。険しい表情に、ルーシーの体に震えが走る。これほど怒った彼は見たことがない。でも、怒るなら彼ではなく私のほうよ。

「あなたは彼女に、自分の子供でなくてもかまわないだろう、みたいなことを言ってたわ。子供の父親は彼女が愛している人なんだからって」

「それで、イジーのことだと思ったわけか？　ディーに子供を与えるため、イジーが欲しかったと？」

「そうよ！　ほかに誰がいるというの？　それに、あなたとディーがつき合っていることはみんなが知っているわ。病院じゅうの噂じゃないの！」ルーシーは苦々しげに言った。

「そして、君もその噂を信じているのか？　ゆうべのことがあったあとでも、まだ僕とディーがつき合っていると思うのか？」コナーは静かに笑ったが、少しも愉快そうではなかった。「驚いたね。僕の言葉よりも、ばかげた噂のほうを信じるとは。僕は君に信じてもらえていると思っていたのに」

「嘘だっていうの？　あなたたちの会話を私がでっちあげたとでも？」悪いのはそっちだと言わんばかりのコナーに、ルーシーはきただした。

「とんでもない。君が聞いたというのなら、それが本当なんだろう」

コナーは背を向けたが、ルーシーは彼をこのまま帰したくなかった。彼の口から自分のしたことを認めさせたい。「じゃあ、帰国したのはイジーのためだけだ、と認めるのね？」

「そうだ」コナーは一瞬、振り返った。軽蔑したようなその目に、ルーシーはたじろいだ。「僕が帰国したのはイジーのためだ。だから、僕がイジーをあきらめると思ったら大間違いだ。僕はあの子の父親だし、その事実は君でも好きなようには変えられない。そして父親である以上、僕はどんなことをしてもイジーを手に入れる」

14

コナーは今起こっていることが信じられなかった。これほど短い時間に、これほど大きな変化があるものだろうか？　そう考えながらルーシーの部屋をあとにする。昨夜のルーシーの態度から、やっと自分を信じてくれたと思ったのだが、明らかに間違いだったようだ。

僕が子供を利用する気だと思いこんでいれば、信じられるはずがない！　別の女性とつき合っていると思いこんでいれば！　そして、信じていなければ愛せるはずもない。

車に乗ったとき、目の前がかすんだ。コナーは人目も気にせず涙を流した。二人の未来という夢は、今はなんの意味もなくなってしまった。家庭も家族もなく、ルーシーと末永く幸せに暮らすこともない。苦々しさと疑惑だけの人生に、どうやって耐えればいい？　イジーに会わせないという彼女の決断を受け入れたら、どうなるだろう？　コナーはこれ以上ルーシーを傷つけたくはなかった。だが子供に対する権利を手放すなんて、とうていできない。僕がそばにいることをルーシーがどんなにいやがったとしても、イジーとは一緒にいたい。

この先どうなるのかと考えると、苦悩のあまり眠ることもできなかった。翌日出勤したとき、コナーはくたくたに疲れていた。最初に会ったのがルーシーでも助けにはならなかった。彼女はそっけなく挨拶し、話をする気はないとばかりにオフィスに入ってドアを閉めた。

コナーは唇を結んで、あとから部屋に入った。こんな態度をとられるなんて生き地獄だ。彼女は腹をたてて当然だと思っているようだが、仕事中に嫌われ者のような扱いを受けるのはごめんだ。

「基本ルールを決めておく必要がありそうだな」机に近づきながら、コナーは険しい声で言った。「僕はこの科の責任者なのだから、仕事中はそれにふさわしい態度で接してもらいたい。いいね？」

「承知しました。ほかにおっしゃりたいことは？」

ルーシーはコナーを見返した。痛々しい彼女の目を見たコナーは、謝罪せずにいるのが精いっぱいだった。ディーとの会話の背景を説明すれば、誤解だったことがわかってもらえるだろうが、それでは意味がない。たとえ信じてもらえたとしても、本当に解決したことにはならないのだ。ルーシーが自分から僕を信じてくれなければ、この先も同じことが起こるだろう。疑惑の雲の下で、今日こそ彼女に愛想をつかされるのではないかとびくびくするような暮らしには耐えられない。彼女がそんなふうに思うのは僕のせいかもしれないが、過去はぬり変えられない。そのことに甘んじて生きていくしかないのだ。信頼を土台としていない関係が長続きすると考えるのは、高望みがすぎるというものだ。

「ああ、それだけだ」コナーはいっさいの感情を表に出さないように気をつけ、ドアのところまで行って振り返った。「今日は早めに回診を始めたい。ニコラスとサイモンのジェントリー兄弟のカルテが届いたかどうか確かめてくれないか？　まだならかかりつけ医をせかしてくれ」

「わかりました」

静かな声に痛々しいものを感じたが、コナーは無理にドアを開けた。「ありがとう」

彼はオフィスを出て、チームのいる二階へ行った。研修医の休憩室でコーヒーを楽しんでいる彼らに、五分以内にオフィスに来るようぶっきらぼうに告げる。オフィスのドアを開けたとき、コナーは疲労の波に襲われた。もしこの先もこんな調子が続くのなら、なにを楽しみに生きればいいのだろう？　イギリスへ戻ってきたとき、イザベルの養育権をかけて闘わなければならないのはじゅうぶん覚悟していた。けれど、こんなことになるとは思ってもみなかった。ルーシーへの本当の気持ちに気づいた今となっては、闘う気にもなれない。コナーはルーシーを愛していたし、二度と手放したくないと心の底から思っていた。けれど彼女はそう思ってはいないし、この先も思うことはないだろう。つまり、彼女と一緒にいる時間は拷問以外のなにものでもなくなるのだ。

回診の間、コナーはぞんざいと言っていいほどてきぱきと動いた。みんなの表情から、なにがあったのか知りたがっているのがわかる。トムが初歩的なミスをしたときには少し厳しすぎる態度をとったし、双子の喘息の病歴を読みあげるときにつかえたアマンダにも冷ややかだったからだ。言葉ではなく言い方がひどく冷たく、よそよそしく、そして……感情がこもっていなかった。ルーシーはもちろんコナーの態度のわけを知っていたので、苦悩とともに罪の意識を感じた。私のせいでほかの人たちが苦労するなんて、公平じゃないわ。

「やっと終わった！」コナーの姿が見えなくなったとたん、アマンダが大声で言った。「この数週間は、私たちに油断させていたのね。今ではみんなに言われていたことのほうが全部真実だったと思うわ。小児科医としては世界一かもしれないけれど、社交術の分野では明らかに劣っているわね。彼とつき合う女性は気の毒としか言えないわ。あら、ごめんなさい、ルーシー。変なことを言っちゃったわね」アマンダは赤くなった。イザベルがコナーの娘だという噂を聞いているに違いない。

ルーシーは肩をすくめた。相手に気まずい思いをさせたくない。「あなたの言うとおりよ、アマンダ。謝ることはないわ」

「そんなことはないと思うけれど、ありがとう」

アマンダはそそくさと退散し、ルーシーはため息をついた。私には腫れ物に触るように接しなくてはいけない、とみんなが考えているとすれば、ひどく厄介なことになりそうだ。私はコナーとつき合い、結果として彼の子供を産んだ。けれどそれからなにがあったかは、生涯話すつもりはないわ。

その考えは立派だったものの、実行するのはむずかしかった。ほどなくルーシーは、コナーとの関係が他人の自分への印象に影響していることに気づいた。普段どおりに過ごそうとしても、つねに視線や噂を感じて疲れてしまう。転職も真剣に考えたけれど、逃げたくはなかった。職場を変えるという考えはきっぱりと捨てよう。引っ越すとしても、行く先はコナーに知らせよう。彼が子供を手に入れる闘いを続けたければ、好きにすればいい。

コナーはそれ以上なにも言ってこなかったが、あきらめたと思うほどルーシーは愚かではなかった。たぶん、ディーが心を決めるのを待って計画を実行に移すつもりだろう。そう考えて、ルーシーはまたしても暗い気持ちになった。私とイジーの人生が別の女性の気まぐれにかかっているなんて。ディーが出勤せずにすんでいるのがありがたかった。コナーだけでなくディーの顔も、できれば見たくない。

わずかな晴れ間をはさんで、また雨が降りだした。今度は豪雨だった。一晩で町の一部が浸水し、ルーシーもとうとう玄関前に土嚢を積んで水を食いとめなくてはならなくなった。出勤したときには病院の古い建物にいちばん近い駐車場は水びたしになっており、別のところに車をとめてイザベルを託児所に連れていかなければならなかった。さらに病棟へ入ってから、サンドラがバスの運休のために来られない、という電話があったことを知った。つまり、午前中は彼女とアリソンだけで仕事をこなさなければならない。病棟が満床であることを考えると、たやすい作業ではなかった。

ルーシーは朝の経過観察を始めた。半分ほど終えたとき、外で恐ろしい轟音(ごうおん)がした。窓に駆け寄った彼女は息をのんだ。託児所のある古い建物から土煙があがっている。

「どうしたの?」アリソンが肩越しにのぞいた。

「なんてこと! 建物の一部が崩れてる!」

ルーシーは持っていたファイルをアリソンに押しつけた。「イジーが無事かどうか、見に行かなきゃ。託児所にいるのよ」

たくさんの人が同じことを考えたようで、ルーシーが駐車場に出たときには人々が群れをなして古い建物に駆けつけていた。できる限り速く走ってそのあとを追った彼女は、建物になにが起こったかがわかるにつれて不安がつのった。突きあたりの壁が崩れ落ち、ほかの部分も危険な状態になっている。人々が右往左往し、遠くでサイレンの音が聞こえた。けれど、彼女の頭にはイザベルのことしかなかった。

「ルーシー!」

名前を呼ばれ、はっとして振り向いた。コナーが不安な面持ちでこちらへ駆けてくる。

「イジーはどこだ? 中にいるのか?」足をふんばってとまり、彼はきいた。

「ええ! さがしに来たの」ルーシーはコナーを押しやって建物に入ろうとしたが、彼は通さなかった。

「僕が連れてくる。君はここにいるんだ。いいね? ここを動かないでくれ」

「でも、イジーには私のほうが――」

「君のところへ連れてくる、ルーシー。約束するよ。僕を信じてくれ。お願いだ」

コナーはルーシーの手をぎゅっと握り、崩れた建物に飛びこんでいった。ルーシーは恐怖に駆られ、口元に手をやった。コナーは最善をつくすだろうけれど、イジーを助けるのに間に合うだろうか？　大事な子供を救うことができるだろうか？

イザベルを失うことを考えてすすり泣きがもれたが、努めて取り乱さないようにした。ほかの親たちもやってきたが、警備員は非常線を張り、誰も中に入らせないようにした。消防車が到着し、中へ駆けこむ。苦痛なくらいのろのろと時間が進み、やがて消防士がたくさんの子供たちと託児所の職員を連れて出てきたときには大きな歓声があがった。ルーシーは急いで前に出て、人込みをかき分けて娘をさがした。けれど、イザベルの姿もコナーの姿もない。

なにがあったのかきこうと、保育士の一人に駆け寄った。「赤ちゃんたちは？　別の部屋にいたはずだけれど、無事なの？」

「わかりません」若い保育士は取り乱していた。「私は幼児をすべり台で遊ばせていたんですが、かかえられる限りの子供をかかえて逃げてきました。残念ですが、ほかの子供たちのことはわからないんです」

別の母親が話をしに来たので、ルーシーは脇にどいた。さらに多くの子供たちが救出されてくる。赤ん坊を二人かかえた消防士が出てきたのを見て、ルーシーはほっとした。しかし駆け寄ってみたけれど、どちらもイザベルではなかった。職員が預けられている子供の名前を確認したところ、行方不明なのはあと三人だけのようだった。小さい赤ん坊ばかりで、託児所の中でももっとも被害が大きい場所にいるらしい。

子供を取り戻したほかの親たちが、同情するような顔で立ち去っていくのがわかったが、ルーシーは希望を捨てていなかった。コナーがイジーを助けてくれる。彼ならそうしてくれる！　あんなに愛している娘を危険にさらすはずがないわ！

　どこからともなくわいてきた考えだったが、事実だとわかっていた。自分とディーにとって価値があるからじゃなく、コナーは心から娘を愛している。だからこそ、命がけで助けに行ったんだわ。私と同じくらい娘を愛し大切にしているのに、彼を自分とは関係ないと考えるのは間違っている。

　不安がつのり、ルーシーは自分の体を抱きしめた。コナーが無事に娘を救い出してくれると信じなくては。それしかできなかったし、現実にそうなってほしかった。コナーにも無事でいてほしい。彼を愛している――心から。たとえ彼に愛されなくても、彼が危険な目にあうのは耐えられない。コナーのいない世界はあまりにも寂しい。

　建物の入口あたりでにわかに動きがあり、誰かがストレッチャーを呼ぶ声に、ルーシーは振り返った。救急救命士が二人駆けつけてくると、ルーシーは息をのんでなりゆきを見守った。

　突然、崩れた建物から消防士が残りの子供たちを抱いて現れた。その中にイザベルがいるのに気づいて、ルーシーは喜びの声をあげた。駆け寄って抱きあげ、顔じゅうにキスをする。赤ん坊は埃と石膏のかけらまみれだったが、怪我をしているようすはなかった。ルーシーにキスされたときには笑い声をあげたほどだった。

「すぐに救急医療科へ運ぶんだ！」

　救急医療科の研修医が大声で指示を出すのを聞いて、ルーシーはくるりと振り返った。負傷者がコナーだと気づき、心臓がはねあがる。救急救命士が彼をストレッチャーにのせて建物から出てくると、一刻も無駄にすることなく、救急医療科へと向かっていった。ルーシーは走って彼らに追いつかなくてはならなかった。

「なにがあったの？」問いかけた彼女は、真っ青で身動き一つしないコナーを見て息をのんだ。

「挫滅症候群だと思う」研修医が手短に答えた。

「壁を支えて子供たちを守ろうとしていたようだ。崩れる前になんとか子供たちは助けたけど、彼は運悪く……」

研修医はそれ以上言わず、救急救命士を先導していったが、その先は聞くまでもなかった。ルーシーはそのようすを想像し、コナーがしたことを思って涙があふれた。彼は自分の命をかけて、娘とほかの赤ん坊を守ったのだ。強く、誠実で、正直な彼らしい。今はただ、どれほど感謝しているかを彼に伝えたい。そのあとで、もう子供に会うことを拒まないとはっきり言おう。娘の命を救ったんだもの。それだけの権利はあるわ。

ルーシーは深く息を吸った。自分で望んだことだとわかっていても、やはりつらかった。けれど、娘の将来にかかわってもらうことでディーの力になりたいとコナーが思うなら、じゃまはしないでおこう。

誰かが頭の中でドラムをたたいている。

コナーはうめき声とともに目を開けた。こんなひどい頭痛に見舞われたのは、学生時代に最終試験に合格したとき以来だ。そのときだって、これほど痛みはしなかった。

「コナー？　聞こえる？」

ルーシーに話しかけられ、彼は顔をしかめた。

「もう酒は一滴も飲まないと誓うよ」そうつぶやき、少しはよくなることを期待して目を閉じたが、無駄な努力だった。

「ああ、コナー、ダーリン、二日酔いじゃないのよ！　なにがあったのか覚えていないの？」

コナーはなにを優先させればいいのかわからなかった。ルーシーから〝ダーリン〟と呼ばれたことも大事だったが、質問のほうも大事に思えた。いったいなにを思い出せというんだ？

無理に痛みをこらえて考えたコナーは、突然すべてを思い出して息をのんだ。目を開け、おびえたようにルーシーを見る。「イジーは……」

「あの子は無事よ、コナー。ほかの二人の赤ちゃんも、かすり傷一つないわ」涙を流しながら、ルーシーは身をかがめて彼の頬にキスをした。「本当にありがとう。あなたがあの子を見つけてくれなかったら、私はどうなっていたか……」

すすり泣くルーシーを見たコナーは、自分も心配のあまり涙を浮かべていたことに気づいた。「とても怖かったよ、ルーシー」彼はささやいた。「あの子を失ってしまったらと思って……」

その先は続けられなかったが、説明は必要なかった。同じ苦悩を味わったルーシーには僕の気持ちがわかっている。なにがあったとしても二人はいつも娘のことを気づかい、子供にとってなにがいちばんいいかを考えている。お互いに大事な娘を愛しているのだから、子供の将来を守りたい気持ちをばかげた誤解にじゃまされるわけにはいかない。

コナーは手を伸ばし、ルーシーの頬に触れた。

「僕はイジーを愛しているし、絶対に傷つけたくない。信じるのはむずかしいだろうが、本当なんだ」

「信じるわ」ルーシーは体を引いてほほえんだ。その温かなまなざしに、コナーの胸はときめいた。こんな表情の彼女をまた見られるとは思わなかったので、安堵のあまりしゃべることもできなかった。

「本当に信じているのよ」コナーの沈黙を誤解して、ルーシーはあわてて言った。彼の手を取り、ぎゅっと握りしめる。彼女は今にも泣きだしそうに見えた。

「あなたはイジーを傷つけたりしない。だから……あの子と過ごすことがあなたとディーの助けになるなら、じゃまはしないと約束する」

「ありがとう」感極まったやさしい声で、コナーは言った。「そう言ってもらえるのがどれほど大きな意味を持つか、君にはわからないだろうな」

「わかると思うわ」ルーシーは彼の視線を避け、小声で言った。

「そうかもしれない。だが、君が言っているのとは意味が違う」ルーシーの顔にとまどいが浮かぶのを見て、コナーはほほえんだ。「ディーと僕はつき合ってはいないし、つき合ったこともない。ディーはマイク・ウィルソンというすばらしい男性と婚約している。たまたま、僕はボストンで彼の友人だったというだけなんだ」

「友人？　でも、理解できないわ。あなたとディーがつき合っていないのなら、どうして彼女にイジーを愛するように説得したの？」

「そんなことはしていない」彼は静かにため息をついた。「君が聞いたことを思い出してごらん、ルーシー。僕がイジーの名前を言ったかい？」

「いいえ……」ルーシーはゆっくりと答えた。

「そうだろう」コナーはきっぱりと言った。「ディーの事情は話せないから細かいことまでは言えないけれど、マイクは家族を持てない問題の解決法を思いついてイギリスを訪れ、彼女と話し合ったんだ」

彼は肩をすくめた。「そして僕は、それについて自分の意見を言った。それだけのことさ」

「じゃあ、あなたの言った子供というのはイジーじゃないの？」

「ああ。イジーは僕たちの子供だ。君と僕の。どんな形にせよ、利用しようと思ったことはない。僕の望みはただイジーがなに不自由なく暮らし、僕がほんのわずかでもその人生にかかわることなんだ」

「じゃあ、私はすっかり誤解していたのね」ルーシーは弱々しく言った。「あなたはずっと本当のことを言っていたのに、私は信じなかった」

「君を責めているんじゃない、ルーシー。責められる人間がいるとすれば、それは僕のほうだ」コナーは咳払いしたが、押し寄せてくる絶望感はなかなか乗り越えられなかった。「いちばんの間違いは、君のもとを去ったことだ。頭より心の声に耳を傾け、ここにとどまるべきだった」

「どういうこと？」

「君を愛してる。実を言うと、だから距離をおいたんだ。君に恋しているのがわかって、怖くなったのさ」信じてもらえなかったらと思うとルーシーを見ることができず、コナーは目を閉じた。

「私も愛してるわ、コナー。ずっと前から」

言葉は穏やかだったが、コナーは撃たれたような衝撃を受けてふたたび目を開けた。「愛してる？」

「ええ」ルーシーはほほえんだ。「だからそばにいてほしくて必死だったの。また傷つくのが怖くて」

「傷つけたりしない！」コナーは約束した。その声は確信に満ちていた。ルーシーの手を握る。「僕を信じるのがどれだけむずかしいかはわかるが」

「そんなことはないわ」ルーシーは身をかがめ、コナーの唇にやさしくキスをした。その目には喜びの涙があふれていた。「私を愛してると言ってくれたんだもの。信じるのはたやすいわ」

コナーはルーシーの手を口元へ持っていき、キスをした。「僕は君にふさわしい男じゃない。ただ、あの夜どんな気持ちだったかを伝えさせてくれ。君が欲しくてたまらなかったが、怖くもあったんだ」

「私があなたを信じていないことが？」

「それもある。だけど、もっと怖かったのは言葉では足りないんじゃないかということだった。子供のころからいろいろ言われてきたが、どれも中身のないものばかりだったから……」

その先を続けることはできなかった。けれど、説明の必要はなかった。ルーシーの表情を見れば、二人の間の溝がうまったことがわかったからだ。彼女が身をかがめてキスをしたとき、コナーの中のすべての不安は押し流され、安心感に包まれた。ルーシーは僕を気づかい、理解してくれている。僕を愛し、信じてくれている。これ以上彼女にはなにも言わなくていい。すでに僕に愛するだけの価値があると認めてくれている女性なのだから。

コナーはそれがどんなにすばらしいことかをルーシーに言おうとしたが、やめておくことにした。行動がものを言うときに、なぜ言葉で時間を無駄にする必要がある？　彼はキスを返し、唇をとけ合わせた。ようやく唇を離したとき、二人は息を切らしていた。ルーシーが震える手で自分の髪を撫でつける。

「ここが個室でよかったわ。でなければ、今ごろ注目の的だったでしょうね」

「見せつけてやればいいさ」コナーはすまして言った。生まれて初めて愛され求められているという感覚を楽しんでいた。「何回でもね」

「よく言うわね」ルーシーは笑い、それから急にまじめな顔になった。「冗談はさておき、元気になるまではゆっくり休むのよ」

「診断は？」コナーは自分が怪我をしたことを忘れていた。指と爪先を動かし、きちんと機能していることにほっとため息をつく。痛みはひどかったが、それほどつらくはない。

「最初は挫滅症候群を疑われたみたい。子供たちを守るために支えていた壁の下敷きになったから」

身震いしたルーシーの手を、コナーはやさしく握った。「だけど、子供たちは無事だったんだね？」

「無事よ……一人残らず」彼女は笑ってみせたが、無理をしているのがありありとわかった。「筋肉の損傷によって血流内にたんぱく質色素が見つかるかどうか救急医療科で検査したけれど、検出されなかったわ。肝機能も異常なしで、とても運がよかったとみんな言ってた。軽い脳震盪を除けば、ほぼ無傷で脱出できたみたい。だけど、数日は安静にしていなくちゃだめよ」

「軽いだって？」コナーは必死に大げさな演技をした。今回の災害からルーシーの心をそらしたかったのだ。逆の立場ならどんな気持ちになるかわかったし、彼女の苦痛を想像すると耐えられなかった。

「こんなひどい頭痛は生まれて初めてだ。実際、十段階でいったら十一ってところだよ」

「だったらちゃんと休まなきゃ」ルーシーはコナーの唇に軽くキスをし、立ちあがった。

コナーは驚いた。「行ってしまうのか？」

「ええ、十分しか時間をもらえなかったから。もうすぐ追い出されちゃうわ」

まだぶつぶつ言っているコナーから離れて部屋を出ると、ルーシーは検査病棟をあとにした。好きなだけ文句を言えばいいわ。でも、負けたりしない。彼には早く回復してもらって、この先ずっと一緒にいたい。彼と私とイジー――私たちの娘と！


三カ月後……。


「ルーシー、用意はできたか？　車が来たぞ」

コナーは急いでドアに向かった。そのときドアが開き、ルーシーが現れた。その姿を見て、彼は一瞬息がとまった気がした。二人の結婚式のために選んだ淡いクリーム色のドレスに身を包んだルーシーは、あまりにも美しかった。女性の服装には全然詳しくなかったが、百点満点だと彼は思った。

コナーは一歩前に出て、ルーシーの腕を取った。

「驚くほどきれいだよ」気持ちが高ぶるあまり、かすれた声で言う。キスで口紅をだいなしにしないよう頬に鼻を寄せたが、振り返った彼女に唇にキスをされた。

「合格？」ルーシーがそう言ってほほえむ。

「ああ。もちろんさ」むさぼるようにキスをしながら、ほかの男性もこんな気持ちになったりするのだろうか、とコナーは思った。これから三十分もしないうちに、彼とルーシーは死ぬまで離れないという誓いを立てることになっている。

以前はそんな誓いを立てるなど考えられなかった。けれど今では、きちんと受け入れている。ルーシーは僕のそばにいて、僕は彼女のそばにいる。そして、なにがあろうと二度と離れないだろう。ずっと彼女を愛するつもりだから、できれば百歳まで生きたい。けれど本音では、一生かけても足りないくらいだ。

コナーがもう一度キスをし、一歩下がったとき、クラクションの音がした。「運転手がいらいらしているみたいだ。イジーを連れてこようか?」

「お願いするわ。もう支度はできているから」

急いで出ていく彼に、ルーシーはほほえんだ。ルーシーの希望で、結婚式は彼女の家族と数名の友人を招待するだけという簡素なものにした。その中にはディーと婚約者もいた。わざわざボストンから来てくれたのだ。地元の教会で式を挙げたあとは、ささやかな披露宴が催される。二人とも派手に祝うのを望んではいなかった。

「来たよ。ママと同じくらいきれいだ」

コナーがイザベルを連れて戻ってきたので、ルーシーは振り返った。手を差し出した彼の目は愛情にあふれていた。

「用意はいいかい?」

「完璧よ」ルーシーはその手を取り、コナーの頬にキスをした。「愛してるわ」彼女はささやいた。

「僕も愛してるよ、ダーリン」彼もお返しにキスをし、それからイザベルにもキスをした。「さあ、正式な誓いを立てに行こう。そうすればちゃんとした家族として暮らすことができる。君たちはどうかわからないが、僕はもう待てないよ!」

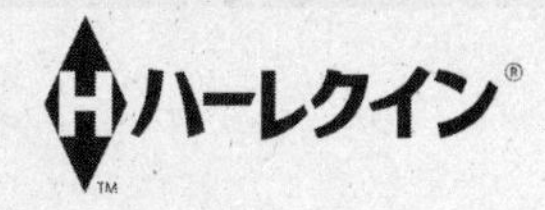

ハーレクイン・イマージュ　2010年7月刊（I-2110）

涙の雨のあとで

2022年11月5日発行

著　者	ジェニファー・テイラー
訳　者	東　みなみ（あずま　みなみ）
発行人	鈴木幸辰
発行所	株式会社ハーパーコリンズ・ジャパン 東京都千代田区大手町1-5-1 電話 03-6269-2883（営業） 0570-008091（読者サービス係）
印刷・製本	大日本印刷株式会社 東京都新宿区市谷加賀町1-1-1
表紙写真	© Galyna Tymonko ｜ Dreamstime.com

ISBN978-4-596-74984-0 C0297

◆◆◆◆ハーレクイン・シリーズ 11月5日刊 発売中

ハーレクイン・ロマンス
愛の激しさを知る

最高のプロポーズ	ナタリー・アンダーソン／小長光弘美 訳	R-3725
皇太子と醜いあひるの子 《純潔のシンデレラ》	ハイディ・ライス／麦田あかり 訳	R-3726
海運王と十七歳の純愛 《伝説の名作選》	アビー・グリーン／小池　桂 訳	R-3727
あなたのいる食卓 《伝説の名作選》	ベティ・ニールズ／永幡みちこ 訳	R-3728

ハーレクイン・イマージュ
ピュアな思いに満たされる

シンデレラの置き手紙	キャンディ・シェパード／外山恵理 訳	I-2729
涙の雨のあとで 《至福の名作選》	ジェニファー・テイラー／東　みなみ 訳	I-2730

ハーレクイン・マスターピース
世界に愛された作家たち
～永久不滅の銘作コレクション～

塔の館の花嫁 《特選ペニー・ジョーダン》	ペニー・ジョーダン／桜井りりか 訳	MP-57

ハーレクイン・ヒストリカル・スペシャル
華やかなりし時代へ誘う

黒伯爵と罪深きワルツを	ララ・テンプル／高橋美友紀 訳	PHS-290
聖なる夜に	アン・グレイシー 他／すなみ　翔 訳	PHS-291

ハーレクイン・プレゼンツ作家シリーズ別冊
魅惑のテーマが光る
極上セレクション

思い出のなかの結婚	キャサリン・スペンサー／鈴木けい 訳	PB-344

※予告なく発売日・刊行タイトルが変更になる場合がございます。ご了承ください。

11月11日
発売

ハーレクイン・シリーズ 11月20日刊

ハーレクイン・ロマンス

愛の激しさを知る

生け贄の花嫁は聖夜に祈る 《純潔のシンデレラ》	ケイトリン・クルーズ／中村美穂 訳	R-3729
僧院のジュリアン 《伝説の名作選》	アン・ハンプソン／福田美子 訳	R-3730
王冠とクリスマスベビー	メイシー・イエーツ／岬 一花 訳	R-3731
愛していると言えなくて 《伝説の名作選》	ミランダ・リー／永幡みちこ 訳	R-3732

ハーレクイン・イマージュ

ピュアな思いに満たされる

クリスマスの受胎告知	ルイーザ・ヒートン／北園えりか 訳	I-2731
白鳥になれない妹 《至福の名作選》	ニーナ・ミルン／堺谷ますみ 訳	I-2732

ハーレクイン・マスターピース

世界に愛された作家たち
～永久不滅の銘作コレクション～

友達にさよなら 《ベティ・ニールズ・コレクション》	ベティ・ニールズ／苅谷京子 訳	MP-58

ハーレクイン・プレゼンツ作家シリーズ別冊

魅惑のテーマが光る
極上セレクション

閉ざされた記憶	ペニー・ジョーダン／橋 由美 訳	PB-345
再会にご用心 《プレミアム・セレクション》	アン・メイザー／青海まこ 訳	PB-346

ハーレクイン・スペシャル・アンソロジー

小さな愛のドラマを花束にして…

クリスマスの恋の贈り物 《スター作家傑作選》	ヘレン・ビアンチン 他／柿原日出子 他 訳	HPA-40

文庫サイズ作品のご案内

◆ハーレクイン文庫……………毎月1日刊行
◆ハーレクインSP文庫…………毎月15日刊行
◆mirabooks………………毎月15日刊行

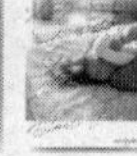

※文庫コーナーでお求めください。

“ハーレクイン”の話題の文庫
毎月4点刊行、お手ごろ文庫！

10月刊
好評発売中!

『激情の園』
ミシェル・リード

4年前、ドミニックとマデリンの婚約は恐ろしいスキャンダルで幕を下ろした。自分を変え過去を葬るため帰郷したマデリンは再会した彼に激しく唇を奪われ…。

(新書 初版:R-1356)

『かなわぬ恋』
ダイアナ・パーマー

キャリーは義兄マイカが自分の母親とキスをしているのを見てしまう。ためらいつつも想いを捧げていたキャリーの淡い初恋は、義兄の裏切りと共に砕け散った。

(新書 初版:N-929)

『ボス運の悪い人』
ジェシカ・スティール

とことんボス運の悪いエミリー。新しくボスとなったバーデンは、端整ですてきだけれど女性関係が絶えない遊び人で、彼女はそのことになぜか苛立つように…。

(新書 初版:R-1574)

『苦しみのあとに』
アン・メイザー

ローラは、昔の恋人の館を訪れていた。新聞で家庭教師の公募を見つけるや会いたくて、矢も楯もたまらず来たのだ。ただ彼との恋を終わらせるために…。

(新書 初版:R-185)

※ハーレクインSP文庫は文庫コーナーでお求めください。